成长·时光书系

我们的生活

WOMEN DE SHENGHUO

Mi Ke

米可 著

山西出版传媒集团 北岳文艺出版社

·太原·

图书在版编目（CIP）数据

我们的生活 / 米可著 . —太原：北岳文艺出版社，2024.1
 ISBN 978-7-5378-6731-3

Ⅰ.①我… Ⅱ.①米… Ⅲ.①中篇小说－小说集－中国－当代②短篇小说－小说集－中国－当代 Ⅳ.① I247.7

中国国家版本馆 CIP 数据核字（2023）第 106659 号

我们的生活

米可◎著

出品人 郭文礼	出版发行：山西出版传媒集团·北岳文艺出版社 地址：山西省太原市并州南路 57 号　邮编：030012 电话：0351-5628696（发行部）　0351-5628688（总编室） 传真：0351-5628680
选题策划 王朝军	网址：http://www.bywy.com　E-mail：bywycbs@163.com 印刷装订：山西人民印刷有限责任公司
责任编辑 王朝军	开本：787mm×1092mm　　1/32 字数：112 千字 印张：6.375 版次：2024 年 1 月第 1 版
书籍设计 张永文	印次：2024 年 1 月山西第 1 次印刷 书号：ISBN 978-7-5378-6731-3 定价：48.00 元
印装监制 郭　勇	本书版权为本社独家所有，未经本社同意不得转载、摘编或复制

目录

密林深处 —— 1

无人之子 —— 48

隐秘而欢乐 —— 163

密林深处

1

警车开进金山林场大院时,邬天正在山坳里穿行,密林蔽日,信号隔绝,唯有雷声滚滚,远在天际,与风声混成低沉的咆哮。

邬天沿溪流溯源而上,行至一半,潺潺流水已隐于地下,成为一片濡湿的沼泽,两侧则是千仞壁立,冷酷如死亡的绝望。邬天当然可以回头,回到溪流的下游,甚至一路退到两河口,等长岭公路上过路的汽车。可如此一来,这处山坳便会出现在他的梦中,扭曲成不同的形状。

事实上,邬天已经不是第一次来到这片绝境,也不是第一次克制自己想去征服的欲望。噩梦与现实,他在努力平衡。

与此同时,一只雪豹纵身一跃,在绝壁间折来跳去,碎石如雨簌簌落下。太阳亦从乌云后挣脱,照耀着自由的灵魂,融成金光一片。邬天神游一会儿,起身折返,向山下的开阔地走去。更远处,天地不辨,大雨正在狂泻。

邬天搭老乡的摩托车回到守林人小屋。派出所小高正在等他。小高说在林场小学支教的老师遥梦三天前返城后就再没回来,电话也打不通。遥梦支教即将期满,和学生感情也不错,没有理由一去不回。小高担心遥梦出山时遭遇什么意外,希望老邬在巡山护林时能多留意。

小高把遥梦的照片发在邬天的微信上,一个短头发的女孩,长相平平,穿着普通,看不出欢喜还是忧伤。邬天发会儿呆,在记忆中搜索着女孩的画面。小高已经起身准备回城。邬天并没有挽留。山里太冷清,留不住人。

劈柴、生火、做饭,虽然到林场工作不到一个月,邬天已经学着像山里的居民一样生活。有位大姐端来一碗红烧兔肉,邬天点点头,表示感谢。那晚,邬天躺在床上,以为自己会梦到如刀疤状的山坳,但他没有,他梦到那个叫作遥梦的女老师,走到邬天的背后,问他这片大山里有没有水帘洞一样的地方。

邬天睁开眼,意识到这不是一个梦,这是一段真实发生过的记忆。这是两个人在林场唯一的交集。

2

邬天准备好安全绳、食品袋，还有一些急救装备，天刚放亮，便翻过两道山梁，一头扎进大芒山里。林场居民说大芒山有条古道，可以直通出山的长岭公路，而遥梦口中的水帘洞便在这条古道边上。

虽然大自然正在蚕食古道上的人类印记，许多道路被蔓生的植物所掩盖，但邬天始终没有偏离方向。相较西南边陲热带雨林的聒噪、危机四伏，东北的丛山太沉默了。邬天明白，伤痛常常龇牙咧嘴，但死神总是沉默不语。他提醒自己不要被这沉默催眠而迷失方向。

在山里走了三刻钟，他听到了流水的声音。邬天看到古道边上原本覆盖的层层落叶乱了，新鲜的松土被翻了出来，一个小猪佩琪的挂件腆着肚皮躺在上面。佩琪的脸上有血迹。邬天离开古道，攀附着林木，踩着湿滑落叶，一边向下，一边仔细搜寻。邬天看到了熊的脚印，看到了更多黏附了血迹的落叶，以及一个用刀刻出的人形木雕。

邬天在一道断崖前止住脚步。垂直下方是一个直径十米多的山洞，张着大嘴，仿佛要把这天地都吞了进去。邬天绑好攀岩绳，下到断崖下方，洞口的岩石尖上有带血的毛发，一条地下河正在洞内汹涌激荡。邬天在洞口静默一会儿，折回头，将毛发、落叶、佩琪挂件，以及那个人形木雕放进随身带着的保鲜袋内，回到了林场。

3

邬天向林场书记陶胜利通报了大芒山搜寻遥梦的情况，除去老幼，陶书记发动剩下的林场男女，从两河口开始，沿着渡河，也就是大芒山地下河的下游，向上搜寻，遥梦老师的遗体可能会顺着地下河冲下来。

邬天起先是走在队伍前面，但他能觉察到身后的男女有说笑的，有埋头玩手机的，也有试图捞鱼的，大多并没有把心思放在搜寻上。他便拖到了队伍的末尾，注意发现被遗漏的蛛丝马迹。在一处浅滩，邬天被水下的一个物件照晃了眼。走近，才发现是一枚警徽，是别在大檐帽上的那种。

林场陶书记围了过来，细细打量，摇头断定这不是遥梦的随身物品，她只是一个支教老师。

邬天把这枚警徽翻来覆去，没看到一丝锈迹。邬天道：林场里也没警察。

陶书记看邬天沉默良久,才接话道:二十年前,林场有间警务室,但后来那个警察抢险救灾时牺牲了,警务室也就废弃了。

是我住的那一间吧?邬天问。

陶书记一拍手,说:还真是,我都给忘记了。不过你怎么知道的?

邬天半真半假地笑道:我也干过公安,我能嗅得出来。

搜寻只进行了两个小时,大部队便抵达了大芒山下。男人们三三两两坐在地上抽烟,女人们则采摘树上的松果。大家看看拖在最后的邬天,又看看挂着讨好脸色的陶书记。陶书记解释道:济世药厂给大家特批了一天假,允许大家来搜寻遥梦老师。现在天也不早了,要不让大家先回去休息,明天还要早起上班呢!

这不是请求,这只是情况通报,邬天面无表情地点点头。

4

随后几天,金山林场又组织轮休的居民搜了几轮,除找到几件遥梦的个人物品外,并没有更多发现。南方正值秋汛,一个妙龄少女掉进没有窨井盖的下水道中,几天后才在数公里外臭水沟里发现,身上爬满了老鼠,网上的照片打了马赛克。邬天关上手机,想遥梦的遗体会在何时、何地,以何种面貌出现;或者她会永远消失,骨骼与血肉都融为大自然的一部分。

窨井盖、地下河,老天收人的手段真是五花八门!

连绵的阴雨开始没日没夜地下。雨一停歇,大雪便会封山。不得已,邬天下到林江市,为守林人小屋筹备越冬物资。一个陌生电话打进来,对方自称林场的陶柏。邬天愣了片刻,想到林场广场中央的那辆汉兰达。陶柏说他也在城里,可以把邬天顺路带回林场。邬天加了陶柏的微信,给他发了定位。没多久,一辆黑色的汉兰达便停在邬天身前。

越野车沿着三途河开了一阵,高楼大厦次第消失,砖瓦平房沿着道路两边向前延展。再转过一道弯,车子已经钻入一片森林中,唯有河道升腾的水汽,像梦一样。

陶柏问邬天:为什么到山里当守林人?

邬天有一百万个答案,但他一个都不想说。

陶柏轻拍方向盘:这个问题有点大,就像我经常自问,为什么一直耗在山里不出去。陶柏的语气有点骄傲。

邬天附和地笑笑。

陶柏说:听说你原来获过不少荣誉,在西南边境?

那都是过去了。邬天知道必须得说点什么,才能堵住他的嘴。

陶柏沉默了一会儿，兀自感叹道：人们或许以为东北的大山神秘浪漫，但真来这里，才发现网络很丰满，现实很骨感。陶柏侧头瞥了眼邬天，补充道：我不是说你，你是见过大场面的，你是来求安宁的。

邬天耸耸肩，不置可否，抛出一个不相关的问题：遥梦是为了体验生活才来山里支教的？

听说她经常带学生在网上直播，端个手机在林场和山里拍来拍去，还有人给学校寄过书和文具。

直播？

不是电视上看到的那种，就是在网上申请一个账号，把拍的视频同步到网上，让别人点赞留言，甚至汇款，很先进是吧？

山里的信号行吗？邬天问。

陶柏拍了拍方向盘，道：是我联系药厂给林场建的基站，让山里人进入互联互通时代。

这个林场首富又跑偏了，邬天暗想。他不再说话，心里盘算找遥梦的学生聊一聊网络直播的事情。

5

邬天的请求让林场陶书记一愣，半晌，他才从抽屉里找出一个钥匙盘,领着邬天来到坐落在广场中央的林场小学外。

与其说是小学,充其量只能算是个教学点。陶书记一边从几十把长相差不多的钥匙中寻找正确的那一个,一边介绍道:整所学校只有八个小孩,遥梦是唯一的老师。这几个小孩的父母常年在林场居住,当孩子长到十岁上下,便会送到城里的寄宿学校读书。

当陶书记试到第十一把钥匙时,邬天说:算了,我还是去学生家吧。

陶书记收了钥匙,领着邬天往林场家属楼走去。两个男孩正蹲在楼下的沙土地上。一个用凹凸镜烤蚂蚁洞,另一个聚精会神地看着。邬天走到他们身后,拿凹凸镜的小孩拔腿就跑,另一个却还犹豫不决。邬天对陶书记说:我和这个小朋友聊聊吧。

陶书记点头说好,然后在边上杵着。

邬天说:陶书记,你有事就先忙吧。

陶书记搓搓手,说:我再试试开校门的钥匙去。

待陶书记走远,邬天从口袋里掏出那枚在河边找到的警徽递给男孩。男孩接过警徽,对着太阳看,五色彩光折射在男孩的脸上。

邬天问:你叫什么名字?

我叫刘佳,你叫什么名字?

我叫邬天,我是山里的护林员。

男孩哦了一声,捏着那枚警徽坐在干柴堆上。邬天在他身边也坐了下来。遥梦是你的老师?

男孩点点头。

她都教你什么课啊?

语文、数学,还有英语,Good morning,How are you?

Fine,thank you. 邬天答道。

男孩嘴角浮起了笑,他放松了下来。

你们的音乐、体育,还有美术,也是她教吗?邬天问。

我们教遥老师啊,我们领她山里玩,唱歌,画画。

她给你们录视频?

视频?

就是用手机给你们录像。

对啊,我们在她下载的快手上认识了许多大朋友。

你能把遥老师教你们画的画拿给我看吗?

刘佳点点头,飞奔上楼。邬天眯缝着眼,眺望林场小学,陶书记还在那里找钥匙开门。刘佳带了几幅铅笔画、蜡笔画下楼,画里有山,有河,有太阳,还有制药工厂。邬天将这幅药厂的铅笔画抽出,仔细打量。药厂林立的烟囱占据了右幅画面,直耸到纸外。中央则是一个圆形水库,没有波浪,倒是被铅笔点了许多点。左下角歪歪扭扭注了时间:2018年10月10日。遥梦失踪前三天。

一个穿着蓝色工作服的男人大步来到邬天和刘佳前。邬天刚看清工作服口袋上的"济世药业"四个字,男人就一把抓过小孩手里的警徽,摔到地上,拧着耳朵质问:谁叫你拿死人东西的。说完便带着他上了楼。

邬天从地上捡起那枚警徽,自问:他刚才是说了"死人"这两个字吗?

远处,林场小学大门依然紧闭,陶书记也已经不见了踪影。

6

入夜,邬天躺在床上,林场家属区传来电视声、争吵声,还有桌脚挪动、床板吱吱呀呀声,断断续续,不成章节。邬天的耳朵将这些杂音过滤,开始向远处大山搜寻熊的吼叫。他并不熟悉熊的声音,他听过眼镜蛇吐信子的嘶鸣,听过亚洲象发情时的低吼,听过猴子在看到同伴被剥皮时的尖嚎,可他唯独没有听过熊的声音。

他也不是非要找到那头熊不可,他甚至不是非要找到遥梦的遗体不可。在西南边境缉毒那些年，他早已明白尘归尘、土归土，世界自有一套运行规则的道理。可他就是睡不着，他隐隐觉得有些模糊的东西，像一个水坑，不踏进去不知道里面深浅。

一定要踏进去吗？

他知道自己的直觉通常都很准。如果什么都不做，晚上会睡着吗？恐怕不会。所以，邬天想到此，从床上翻身下床，索性不如出去转一转。

邬天来到林场小学外，纵身一跃，便翻过矮墙，落在学校的操场。邬天先来到教室外，透过窗户向内张望。八张课桌围成了一个圈，像是在做某种游戏。黑板已被擦干净，没有一个字在上面。邬天又来到教师办公室，孤零零的，只有一张课桌。邬天翻窗进去，桌面上和抽屉里什么都没有。邬天打开电筒，细细检查桌面，上面没有刻字。邬天进到里间遥梦的卧室，除了卷起的被褥，所有物品都被清空。

距离放假还有一个多月，遥梦是不准备回来了吗？

这个问题像一个坐标原点，牵扯出无数猜测。但邬天没有让自己的思绪发散，他决定到山顶上去。

对于邬天来说，白天抑或是夜晚的大山并没有分别，真正的危险不会让你看见。西南大山太热闹，让人神经紧张，邬天得区分哪种声音会致命，就像在一个热烈战场上区分哪枚炮弹会在身边爆炸一样。邬天摇摇脑袋，暗骂还是被这里的大山催了眠，走了神。

爬到山顶时，月亮刚过中天，山下"济世药业"四个大字闪着金光，将一小片夜空照得氤氲。但这些金色大字并没有在紧邻的小水库上投下倒影。邬天顺着山势下到水坝，才发现闸门提起，水库已经泄洪，留下一个碗形的大疤。

这个季节泄洪合不合时宜，得找人问一问。

可是找谁问呢？

返回山顶时，天色已经麻糊放亮。邬天翻出水杯，正要拧盖子，所有动作在一瞬间全部停滞，包括呼吸。他听到一个庞然大物在身后喘息。邬天慢慢弯腰，放下杯子，那头熊随即发出了巨吼。看来是逃不脱了。邬天缓慢转身，站直身体，直视熊的眼睛。那头黑熊也直起身躯，再次发出巨吼，唾沫飞溅在邬天的脸上。邬天没有眨眼。一人一兽干瞪了许久，那头熊落下前掌，转身走了。邬天依然提着一口气没有松，他发现这头熊的左后掌不太敢吃力。

7

邬天到林场的火车站找白杨，人不在，邬天便在站内等他。白杨是林场唯一留守的职工，看护这个没有火车抵达的车站。主要时间便是泡在后山种红松。他发誓要种出一片红松林。

站台上有三间平房，一间是白杨的宿舍，一间堆放各类干活工具，另一间则空了出来，只在房子中央摆了一个人形木雕。人们说白杨把那个玩意儿称作山神，说是大山的图腾。而白杨则自称为森林之子。

邬天打量着这尊山神老爷，脸上的涂鸦和字迹让它显得颇为滑稽。而另一个缩小版的山神老爷正躺在他的口袋里。那是在遥梦失踪的断崖边发现的。邬天没有把这事告诉任何人。

邬天把玩着口袋里的木雕，暗暗思忖：有信仰的人往往比较孤独，孤独的人往往渴望沟通，沟通的方式往往不限于语言，语言之外往往留下许多痕迹。

白杨回来了，邬天收回思绪，回到站台上。白杨擦了擦额头的汗，露出那张非常帅气的脸。

听说你在调查遥梦老师失踪的事情？

你怎么知道的？

那些小屁孩告诉我的。

小屁孩？

如今也只有小屁孩才会说真话。白杨朝地上唾了一口，问：你有什么想知道的？

邬天的手插在口袋里，摩挲着那个木雕，眼中含着笑，问道：你怎么不去两河口的济世药厂上班？

是啊？为什么我不去药厂上班？白杨哼笑着说，找一份有前途的工作，在林江城里买一套房子，娶一个大奶子的老婆，生一窝小崽子。

是啊。

有钱难买我喜欢！白杨一屁股坐在站台堆放的枕木上，眼中有不屑，有挑衅，也有一点点委屈。

邬天的指头还在摩挲着口袋里的木雕，问道：为什么种红松？

红松有经济效益，木材轻软细致，耐腐蚀性强，是做家具的优良用材；红松树皮还可提取烤胶，树干可采松脂；种子能食用也能药用。白杨抽一口烟，接着说，这是百度上说的，不过我种红松不是卖的，我就是种着喜欢。

保护生态环境？

白杨瞅了邬天一眼，打开手机递给邬天。邬天看到相册里一些翻拍的老照片。

白杨说：山里原本有一整片红松林，不过后来都给伐了、卖了。山秃了，水土就开始流失，经常发生泥石流。虽然后来补种了其他树种，但树根没有红松涵水。

邬天边听白杨说，边滑动着手指，一直翻到遥梦失踪前几天一张山神庙里遥梦背影的照片。遥梦双手合十，像是在祈祷着什么。照片有点虚，还有点歪，像是偷拍所得。邬天退出相册，把手机交还给白杨。

现在生态也不错，山里还有熊。邬天淡淡地说。

有人说是熊把遥梦给害了，我可不信，那头熊不害人。

那头熊？

是啊，大雪封山，熊没有吃的，便溜到庙后面吃我留给它的剩菜剩饭。

林场人知道这事？

我才不会让他们知道这事呢。

为什么对我说？

你不是林场的人。

你呢，你不姓陶？

我爸是林场的，他是个酒鬼；我妈是城里的，她是个倒霉鬼。他们都死了，我随我妈的姓。

邬天沉默了一会儿,暗忖白杨话里的意义,然后他问:遥梦见过那头熊?

见过,去年冬天,她刚来支教那会儿,在山神庙后面,她碰到过那头熊。

发生了什么?

什么也没发生,他们都没把对方当回事,熊吃完剩饭,一抹嘴就走了。

哦。邬天指头又在摩挲口袋里的木雕,那头熊走路怎么样,有没有一瘸一拐?

白杨想了想,说:没有,那头熊很壮实,至少我夏天看到它时很健康。

邬天点点头,说:谢谢你对我说了这么多。

你原来是警察?白杨反问邬天。

邬天说是。

我嗅出来的。白杨语气有些骄傲,我小时候就想当警察。

邬天笑笑。

遥梦还能找得回来吗?

我不知道。邬天坦诚相告。

8

遥梦失踪已逾一周，林场居民似乎正在将其淡忘。邬天得给大家敲敲钟。

细雨迷蒙的清晨，邬天来到林场广场，登上济世药厂班车，混在一车穿着蓝色药厂工作服的林场居民中间。没人搭理他，他也没和任何人说话。车子驶进药厂后，邬天径直朝两层机关小楼走去。他走得缓慢，尽量让自己的背影吸取更多人的注视。

林场经理姓鲍，操着南方口音，准确喊出了邬天的名字。邬天接过鲍经理泡的普洱茶。

鲍经理说：熟茶养胃，邬老师也在南方待过，应该喝得惯。

邬天对鲍经理的开场白很感兴趣，笑着抿了口茶。

鲍经理接着说：林场的陶书记和我说起过你，让我配合你寻找失联的女老师。

谢谢鲍经理的支持。

没什么，不过是给林场的职工放一天假而已。

邬天环视这间办公室，简单朴素，没有任何装饰。一个旧桌上不过一台电脑，还有几本关于软件开发的杂志。邬天问：为什么选在山里设厂？交通这么不方便。

鲍经理笑答：是林场的陶柏找到我们的母公司，希望能够在山里投资建厂，带动一下山里人就业。正好我们企业也有扶贫任务，再加上地方政府也有不错的减税政策，便在这里建了这么个小工厂。至于交通，因为厂子正好在两河口，陆路如果走不通，水路也很通畅。

你们辛苦了。

不存在的。这里山好、水好、空气好，很适合我。林场职工也很淳朴。我们在一起做了不少事，架设了基站，整修了码头，还新修了一个小水库。

厂外面那个？

对，林场陶书记说山里容易发大水，我们便建了这么个蓄水的水库。

水库最近泄洪了？

最近不是连阴雨吗，水库水位上涨，超了警戒水位，所以就泄洪了。鲍经理停了停：要不要我把泄洪的记录拿给你看一下？

邬天摆摆手：不必了。

你想了解水库泄洪的情况，是和遥老师的失踪有关吗？不过水库在两河口，是各条支流的下游，遥梦老师的遗体应该不会冲到这儿。

也对。邬天想了想,答道。

鲍经理笑着瞅着邬天,等邬天说下去。

邬天站起身,摆摆手说:我也不知道来寻找什么,其实整个搜救就是东跑跑,西跑跑,没头苍蝇一样。邬天尴尬地笑笑,伸出右手:谢谢鲍经理抽出时间和我一阵胡侃。

鲍经理握住邬天的手,说:在山里能见到南方老乡,我高兴还来不及呢。

邬天要出门时,鲍经理又喊住了他,声音有些迟疑:有件事情,不知道老乡晓不晓得。

邬天转过身,鲍经理低下头,理着西服的下摆。

邬天说:要不你再想想,想好了给我打电话?

鲍经理抬起头说:作为药厂扶贫系列项目其中的一项,我们会为林场老弱病残义诊,还免费发放一些药物。厂里面有个傻子定期会来领药,但一个月前我们随访时,没看到傻子,一问,才知道傻子失踪了。

失踪了?

是的,失踪了!

邬天迟疑片刻,问道:你知道那个傻子叫什么吗?

我不记得了,但随访记录上应该有,不仅有傻子的,还有其他随访对象的姓名、住址和病情诊断,你要是有空可以问一问其他病人。我让工人把随访记录本拿给你。

那好。邬天答道。

当邬天从一个高大且沉默的药厂职工手里接过随访记录本时,他能看到这个当地人脸上清清楚楚地写着三个字:不欢迎。邬天随手翻了翻记录本,找到那个傻子的名字:陶胜发。便把记录本还了回去。

高大男人走了,鲍经理耸耸肩:这里人有些排外。

我知道。邬天谢过鲍经理,下了楼,在其他职工的目视下,径直朝厂外走。

在寻找失踪的傻子前,他打算好好睡个午觉,顺便也让关于自己的各种小道消息传播一会儿。也许等他醒来,那个傻子便会主动送上门来。

9

傻子没有出现,倒是林场书记陶胜利把熟睡的邬天喊醒,手上提了两截风干的腊肠。邬天伸了个懒腰说:书记客气了。

陶胜利憨笑道:你一个人也不容易。

邬天返身进屋,把腊肠挂好,发现陶书记还在门口。邬天问道:有事?

听说你在找傻子？

傻子？邬天故意一愣。

陶胜发，就是从药厂免费领药的那个。

哦。邬天微微一笑，等书记继续往下说。

有人说傻子在山里被老虎吃了，也有人说傻子到城里找亲戚了，还有人说傻子从网上看到招工信息，到外地打工去了。没准哪天他会回来。

没准他永远不会回来了。

也有这个可能。陶书记若有所思。

对了，这不是要下大雪了吗，我准备到山里清一清兽夹，书记也帮我在林场里开展一下禁捕宣传吧。

没问题。

陶书记离开后，邬天给派出所小高打了一个电话，请求他查一查遥梦在快手上的视频，如果有，把临近失踪前的那几段翻拍传给他。小高建议邬天自己下个快手看。邬天说自己玩手机不在行。过了一个小时，小高打回电话，说遥梦在快手上的确开了账号，但录的视频已经全被删除。邬天对此并不意外。意外的是，小高还告诉他，林场还有一个叫作三贱客的账号，里面有三个小混混录的许多低俗视频。邬天追问都是什么样的视频。小高说有生吃虫子的，有虐待动物的，还有欺负傻子的。

邬天要小高把欺负傻子的视频翻拍给他发过来。

视频内存很大,邬天打开无线网,只搜索到一个名称为Jishiyaoye的无线设备。邬天想到了鲍经理桌上的那几本软件杂志,随后,他连接上这个无线设备。

10

视频里不是一个傻子,而是一个疯子,一个时而似被烈火焚烧,时而似被铁锥扎心,又时而似乎遁入无感空间、灵魂逃离的疯子。相比于傻子的癫狂,那个三贱客的解说却是如此苍白,他们的调笑也充满了尴尬。三贱客追着傻子在林场转了好几圈,有几个旁观者驻足观看,但镜头一晃而过,看不清看客们脸上的表情。

傻子怪叫着,转过山神庙,一头扎进白杨栽种的红松林,不见踪影。三贱客追到庙前,停下了脚步,白杨握着一把铁锹横在三人面前。视频就此结束。

天已黑透,邬天在寒风中裹紧黑色皮衣,坐在林场小学房顶,默默注视着林场家属区的门楼。一个贱客出现了,他掏出手机,对着话筒说了些什么。很快,另外两个贱客提着一个油桶来会合。三贱客穿过广场,往白杨所在的林场火车站方向走去。他们要实现自己在账号预告中所说的"燃烧的祭祀"。邬天跳下房顶，悄然跟了上去。

三贱客蹑手蹑脚摸到山神庙外，其中一个用钳子夹断了铁锁，另一个溜进屋去，把那座山神木雕扛了出来，第三个人则一直端着手机直播解说。他们把木雕扛到锈蚀的铁轨上，拧开油桶盖，正要将煤油倒在山神老爷的脑袋上，其中一个贱客已经按捺不住地跳来跳去。

邬天坐在站台的枕木上，抱着胳膊，看到白杨举着铁锹，从宿舍里冲了出来。三贱客一哄而散。白杨稍作犹豫，便去追那个拿打火机的贱客，一锹砸在对方大腿上，对方干号一声倒在地上。白杨正要转身，铁锹被另一人抢握在手中，第三人飞起一腿，踹在白杨肚子上。白杨倒地，拳脚便如雨点落下。

邬天从枕木上跳下，喂了一声。三贱客一愣。邬天径直走了过来。打头的伸左手推了邬天一把，没推动，便挥着右拳打了过来。这犯了大忌，先手还没收，便出后手，胸腹以下洞门大开。邬天沉下身，抢前一步，中指关节扎扎实实扣在对方的剑突上。对方全身一震，疼痛迅速在全身弥散，人也瘫软在地上。另一个贱客显然还没弄清发生了什么，邬天身子一挺，又一拳重击在他的下颚，邬天能感受到对方的门牙碎了。

最后那名贱客要跑，却被白杨抱住了小腿。他提起另一只脚，正要踹，又犯了失去平衡的大忌。邬天右掌砸在他的耳根，他便一言不发倒在了地上。

趁三贱客倒地不起，邬天从他们的口袋里掏出手机，挨个检查手机相册、聊天记录、直播视频。除了几个戏弄傻子，以及一个从门缝里偷拍遥梦换裙子的视频外，没有更多有价值的内容。

邬天把偷拍视频拿给鼻青脸肿的白杨看。白杨跳起来，要踹三贱客，被邬天给拦了下来。邬天知道白杨这样做不会把他们打痛，但极有可能会把他们打伤。

邬天问三贱客为什么要偷拍遥梦。

三个人面面相觑，其中一个人答道：无聊呗。

邬天又问：傻子怎么突然就疯了？

三个人都摇头说不知道。

邬天把手机还给他们，放他们走了。

白杨点燃一支烟，龇牙咧嘴地抽一口，咕哝道：身手不错。

碰巧打中要害了。

白杨像吐唾沫一样吐出一大口烟：这世界没有碰巧的事，至少在林场里没有。

邬天从口袋里掏出那个小版的山神老爷：这是在遥梦失踪

现场找到的，你和我说说怎么回事？

白杨接过木雕，有些怅然：这是我送给她的，希望能保佑她平安，她一直带在身上。白杨翻眼瞅着邬天；你在查什么事情，不只是遥梦失踪的事情？

你怎么这么想？邬天反问。

整个林场人都这么想。

哦，思想够统一的。邬天调侃道。

狗屁！白杨吐了口带血的唾沫，问：你有什么发现？

只有那几张偷拍遥梦的照片。邬天淡淡地说，不过你的手机里也有偷拍遥梦背影的。

烟蒂夹在白杨两指间，却迟迟没有送进嘴里。白杨的眼中显出了防备。

你暗恋遥梦，但是她不喜欢你，不过这并不妨碍你们有相同的志向，所以你们经常在一起。也正因为如此，你们才受到了林场居民的排挤，慢慢被边缘化。

白杨狠狠抽了一口烟，说：你他妈的接着说。

你把自己扮作森林之子，栽种红松林，给黑熊投食，还建了这座山寨版的山神庙，希望林场居民能够重新回到林业工作上来；遥梦在课堂上教孩子们保护环境，通过手机直播来让更多人关注山林。你们这样做都是因为你们有一个共同的敌人。

白杨眼中的防备渐渐退去，惊异与敬意开始占据他的瞳孔。

你不愿去药厂上班，因为你认为药厂污染环境，但不管怎么说，你是林场的子女，你可以和亲戚朋友唱反调，但不能揭发他们，因此，你便以不合作的方式表达自己的愤怒。但遥梦不同，她是外人，她可以做她想做的事情，然后拍屁股走人。所以她一定采取过很多惹人恼的方式来号召大家抵制药厂，也选择了更为有效的方式来曝光污染环境的行为。因此，遥梦老师遭到整个林场居民，至少是那些从药厂得到利益的人的憎恶。他们想让遥梦老师赶紧滚蛋！

烟蒂燃到白杨的手指时，白杨才慌忙把它扔在地上。

邬天接着说：你一定也想到了这一层，那无所不在的敌意。但你和我都有一个问题没有得到解答：毕竟遥梦距离支教结束只有不到两个月，要让这些大山里的居民举起屠刀，不管是从情感还是理智上，都是说不通的。

你都查到遥梦是通过什么方式曝光药厂污染环境的事情？白杨问。

我只知道她带领学生们爬到山顶写生，让孩子们画药厂边上漂满了死鱼的水库。除此之外，遥梦老师的办公室、宿舍，还有她在网上的全部视频、聊天记录都被清空。有人偷偷做了场大扫除。

也许是她主动清空的。

为什么这么说?

她在失踪前有一段时间神经非常紧张,经常半夜里跑到山神庙里躲着。

发生了什么?

我不知道,但那段时间,当我听到砰的一声响时,便能看到遥梦躲进山神庙里。

砰的一声响?在这庙里?

不是,我想应该是从林场小学发出的。

这里距离林场小学至少有五百米。

非常响,非常脆,所以听得清楚,整个林场都能听得清楚。

哦,这倒是很有趣。邬天低头沉思了好一会儿,然后抬头看了看月亮,长吁一口气,说,咱们把山神老爷抬回庙里吧。

白杨跳到铁轨上,把木雕扛在肩上朝庙里走,邬天跟在后面,打趣道:明天一大早,他们又知道你和我这么个外乡人混在了一块了。

白杨朝天伸出中指:去他妈的!

11

长夜将尽,邬天想三贱客被揍的消息应该已经传遍林场的每一个耳朵,便早早起床,来到药厂班车接驳站,瞅着那群穿着蓝色制服等待上班的林场职工。等车的人分成了两个阵营,一边是在寒风中沉默不语,另一边是那三个苦歪歪的贱客。

陶书记远远挥手走了过来,脸上说不出是在哭还是在笑。陶书记开门见山:有个叫陶同福的不见了。

陶同福?

他三天前进的山,说是到蛤蟆房看林蛙的养殖情况,后来就不见再回来。

他的老婆孩子呢?

他啊,单身汉一个。而且他……陶书记故作吞吐。

他怎么了?

这个叫陶同福的单身汉曾骚扰过遥梦老师。

你想让我去找他?

巡山的时候可以顺道去蛤蟆房里看一眼,没准有什么发现。

邬天眨眨眼,他的脸就要贴到陶书记的脸上:先是傻子,再是支教老师，现在又冒出来个单身汉，我不会去了就回不来了吧？

陶书记发了个颤，随即憨笑道：你在开玩笑吧。

我是在开玩笑。邬天说完，搂着陶书记的肩膀哈哈大笑。那些等药厂班车的林场居民纷纷投来探寻的目光。

山里的蛤蟆房有许多间，分散在密林之中。初雪前，林蛙会离开养殖房，在山里自寻栖息之所开始冬眠。来年开春，这些林蛙便都一个个大腹便便，等待人们采集药用价值极高的蛤蟆油。

邬天辗转三间蛤蟆房，连一条蛤蟆腿都没发现，空空的房间像是在唱此地无银三百两。这非但没使邬天感到无聊，他甚至开始兴致盎然。当他推开第四间蛤蟆房门，光线照进的瞬间，他觉得自己看到了一个十字架。定睛后才意识到那是一只被钉在墙上的信鸽，头侧向一边，翅膀张开，眼珠被抠掉。这是他的信鸽。

传递的信息明白无误。但真正让邬天感到惊讶的是，当结束和陶书记的对话后，他还回屋喂了这只信鸽。对方竟然能够在如此短的时间布置出这么个精巧的杀戮现场。看来对方不仅在威胁他，也同时秀了把肌肉。

邬天小心翼翼将信鸽的尸体从墙上解下，浅浅埋在了蛤蟆房外的土壤里。然后，他沿着山脊爬到顶峰，眺望济世药厂。在钢筋水泥和烟囱周边，是一圈被砍伐后剩下的树根，再往外扩，是更多凋敝的树木，有的被拦腰斩断，有的树干扭曲，显出痛苦的形状。邬天闭上眼，一只雪豹立起尾巴，从密林里走出，久久俯视山下的人间。它嗅到了血腥的味道，那种在西南密林里经常嗅到的兴奋的味道。

山风渐平，邬天慢慢缓下气息，然后一步步下山，回到了林场里。

12

回到林场，邬天便收到一条暴风雪即将入侵的短信提醒。林场首富陶柏正在宿舍门外等他。邬天瞥了一眼，打开门，请他进屋。

邬天靠在桌上，任由陶柏四下打量这间守林人小屋。陶柏问：你是哪一年入的伍？

1995 年。

我是 1997 年。你是老兵，我应该向你敬礼。

后来怎么退伍了？

不想干了呗，不自由。

山里面自由？

也不自由。陶柏耸耸肩，反问道：你为什么退伍？

邬天做了同样的回答：不想干了呗。

沉默了一会儿。陶柏说：我知道问了也是白问，但你真打算把遥梦失踪案继续查下去？

邬天点点头。

山里人没见过大世面，不知道什么是环境污染，也不知道什么是可持续发展，他们只知道那家药厂给他们开工资。你这样追着药厂不放，让他们很慌张。

遥梦失踪和药厂有关系？邬天没有接陶柏的话，而是抛出这么个问题。

陶柏的眼球转了转，淡淡地说：我不知道。

你和遥梦的失踪有关系？

我说没关系，你会信吗？

那么，你和药厂有关系？

陶柏盯着邬天的脸看了很久，半响，陶柏叹一口气。药厂是我拉来的企业，我和药厂谈判，安排林场居民到药厂上班。我还承接了药厂的一些附属建设，我甚至还从药厂的利润中抽两个点。这样回答，你满意了吧。

邬天把那尊小号山神老爷放在桌上,转过身,看向窗外。三贱客正远远地望向屋内。

陶柏叹口气,说:你为什么非要查下去不可?

邬天转回身,午间的日光照亮了他的轮廓,却黯淡了他的面孔。我在西南边防的缉毒部队干了二十年。边境无人区里有许多隐没在丛林里的小道,甚至是地道,境外毒枭雇用当地人走这些小道运毒,而我的任务便是搜捕这些毒贩。他们不会束手就擒,很多人还有枪。但是他们不是最大的威胁,让人神经紧张的是毒蛇,是各类猎人的陷阱,是战争时期埋下的地雷。我喜欢神经紧张,它让人聚精会神,做出最为谨慎的选择。我常常是一个人行动,在热带雨林中走很远很远,直到我找到那些跨越边境的贩毒通道,然后我便等待,几个小时、几天,甚至是几周。

每次都有结果?

邬天摇摇头。

不会出现意外?比如擦枪走火、误伤无辜什么的。

陶柏说这话时,没看邬天的眼睛。但邬天猛然回头,一块桌角被他的手指碾成几瓣。

你已经不是缉毒警了,你只是一个守林人,你的任务是把山上的林子给守好。陶柏有些底气不足。

邬天冷冷地说：或许我们俩对如何守好这片山林的理解不一样。

陶柏想拍邬天的肩膀，手伸了出来，却始终没有落下。那我只能祝你好运了。陶柏丢下这么一句话，便离开了邬天的小屋。

13

入夜，万籁俱寂。

林场小学原本用来播放广播操的喇叭突然亮起了工作灯。一声枪响般的爆裂突然响彻整个林场。不一会儿，林场书记陶胜利、三贱客，还有许多居民都从家里奔了出来，向林场小学会集。三贱客中的一人边走还边打电话汇报着什么。

邬天关上喇叭，从小学后墙翻出，朝着山神庙奔了过去，半路还拦住要去凑热闹的白杨。推开山神庙门，暗自一瞥，邬天就意识到那位山神老爷有些许不对劲。邬天走上前细看，才发现它的脑门上贴了一张邮票。一张普通的生肖邮票。邬天瞅着邮票思量了一会儿，把它揭下，用保鲜膜轻轻包裹。

在山神庙睡过一宿，邬天起身，翻山向药厂边上的小水库进发。药厂门口的保安从两个变成了四个，水库坝顶上也有人在巡逻，乍一看还以为是军事禁区。邬天悄悄下到水库底部，从还未干涸的小水洼里取一瓶水后便往回走。回程路上还在溪流里捕了两条小鱼。

回到山神庙后，邬天把从水库取来的那瓶水倒进盆里，又把一条小鱼也放了进去。没多久，小鱼便死了。邬天在另一个盆里倒进溪水，又放进第二条小鱼，然后把那枚邮票浸在水里。第二条小鱼死得比第一条还要快。

邬天把两个盆里的水取样，分别灌进两个矿泉水瓶，做好标签，藏在站台枕木的夹缝中。然后回到林场广场，连接上Jishiyaoye的无线网设备，在浏览器里搜索：邮票毒品。很快，带有致幻剂、强毒性、惧光、LSD等关键字的网页便弹了出来。邬天没有看这些网页，他只是把手机放在一边，让那些信息在空中再多飞会儿。

14

入夜，山神庙后山的红松林突然起了大火。邬天稍一迟疑，便披上防火毯，拽起一把铁锨冲进了山里。林场的居民也都操着工具，紧随其后。

山林灭火讲究建立防火线，控制过火面积。连日阴雨，火情不容易扩散。但红松油性大，燃烧释放热量极高。那些松果遇热会炸裂、飞溅，成为一粒粒浴火的子弹。

邬天和林场居民们一起砍伐了东南西三面没有着火的红松，勉强建立了三道防火线，随后便向北侧山顶转移。那里正笼罩在一片彤红中，千万火星飞散到夜空，又落在山阴里。

邬天爬到一半，才发现没人跟来，山顶却已传来人们的呼喊。身后的来路重又烧成一片燎原，而本来向上蔓延的林火，也已调转方向，如成群嘶鸣的野马顺势而下，朝邬天迎面撞来。

没有时间思考，邬天匍匐在地，用防火毯把自己包裹严实。下一秒，野火便像几百辆八轮货车，从背部呼啸碾过，把邬天死死摁在土里，无法呼吸。时间已经失去了度量，他的意识慢慢遁入一片黑洞，只在黑洞的中心有小片亮光。

那是上帝投向舞台中央的一束光：密林中央，一名缉毒武警的枪口正对着毒枭，而毒枭的枪口则抵在一名边民的太阳穴上。整个世界，就只有这三个人，以及包裹着他们的无处不在的湿热。毒枭已经失去理智，咆哮变得语无伦次。那名武警只得按照毒枭要求，慢慢蹲下身，把手枪向前抛去。毒枭的目光追随抛出的弧线，手中的枪也离开边民的太阳穴，指向这名边防武警。弧线的末端是一根树干，枪柄砸上去反弹回来，被向前翻滚的武警接在手中。连连两发枪响，第一发打在毒枭握枪的手上，第二发则正中毒枭的眉心。

毒枭轰然倒下，那位被劫持的边民也瘫软下来。武警上前抱住边民，掌心却沁出了鲜血。原来，第一发打在毒枭手上的子弹撞在了枪柄上，碎成两半，其中一片扎进了边民右肋。

武警试图给边民止血，但鲜血汩汩而出。武警抱起边民，在密林里狂奔，但那个瘦弱的生命还是无可奈何地消失在他的肩膀之上。

上帝投下的那道光暗淡下来，世界阒于寂静，困乏将邬天淹没，他想好好睡一觉。当意识逐渐消散时，他听到了人声，断断续续。邬天掀开防火毯，夜空重归澄澈，他愣了会儿，才意识到自己仍然活着，而四处已经成为一片焦土。

脚步声慢慢靠近，邬天拖着防火毯沿着半山腰飞奔，一直跑到林火蔓延的另一道边界——一处落差足有二十米的瀑布。邬天把防火毯和一只鞋丢在崖边，然后沿着瀑布边上的一条小路悄悄下到山神庙后。

白杨正坐在枕木上抽烟，全身上下没有烟熏火燎，却多了许多血痕。白杨拧灭烟头，一瘸一拐回到了他的宿舍，看起来像一个被宣判了死刑的拳击手。邬天猜想，趁着红松林失火，有人向自己索命的同时，还有一拨人给白杨好好上了一课。但愿他能吸取教训，对林场发生的一切袖手旁观。邬天暗暗祈祷，转身返回山林，抄一条小路，翻山向林江城进发。

15

夹杂着冰粒的细雨不仅让山路更加湿滑，也愈加模糊了那头跛脚黑熊的踪迹。回城三天后，邬天悄悄潜回山里，寻了许久，才来到一个山洞边。遥梦正盘腿坐在洞口，仰着脑袋，对邬天的出现并不惊讶。那头黑熊从山洞更里侧的一个石穴爬了出来，站在遥梦身后，像是一个等待命令的保镖。

我带了罐蜂蜜，听说熊最喜欢吃这个。邬天从背包里摸出那罐蜂蜜，打开瓶盖，向前几步，放在一块大石上，然后退回到原来站的位置。

那头黑熊晃悠悠坐到大石上，抱起蜂蜜罐开始舔。

遥梦笑道：我还以为你不回来了。

或者是死了，被火烧死了。

林场的那些人或许会被你骗到，我可不会。

为什么是我？邬天正色。

你是缉毒警，还是战斗英雄，我当然要选你。

既然你对我的过去了解得一清二楚，应该知道我退伍做护林员的目的是想安静安静。

这不代表坏蛋横行时,你会袖手旁观。

邬天耸耸肩,问道:发生了什么?

你很清楚发生了什么。

我需要知道细节。

遥梦想了想,说:陶柏拉来药厂后,我先是发现山里的水质受到了污染,还有那些免费领药的人身上出现奇怪的症状,比如有人可以三天三夜睁眼不睡觉,比如有人开始啃木头吃,还有那个傻子,突然发起疯来。又过去一段时间,我看到玩直播的三贱客跑到学校给学生们贴画。我把那些贴画没收了。但当手指接触到那些贴画表面后,我的全部感官突然被放大,我的眼睛能够看到平常看不到的微观,我的耳朵也能听到平常听不到的低鸣。我回到宿舍,躺在床上,感官世界又开始急剧收缩,我感觉自己就像是骑在一辆自行车上,摇摇晃晃地一直向前。这种感觉持续了一整天才有所缓解。当我神志清醒后,在网上查询这种贴画为什么会让人产生幻觉,直到我看到一个介绍新型毒品的帖子。遥梦沉一口气,说出了毒品的名字:LSD。

你查询 LSD 的记录被人获取了。邬天说。

也是等到快手账号里录制的视频被全部删除后,我才意识到,当我用药厂提供的免费无线信号连接局域网时,药厂已经在后台默默关注我的一举一动了。

那个鲍经理原先是做软件工程的。

调查工作做得够细的，看来你这趟城没白回。

还是说说你在林场都是怎么制造恐慌的。

我不会傻到号召林场居民反对他们的财神爷，我也自知光凭自己无法完成那些调查，并获取药厂制毒的证据。所以我便故意制造了失踪事件，把你给扯了进来。

不像是失踪，倒像是一场蓄意的埋伏。

当然，要不你也不会怀疑到药厂和陶柏身上。我在网上提前泄露要到山外报案的信息，然后在出山的路上遇到了埋伏的陶柏和他的手下。我跑到水帘洞边上，黑熊正在那儿等着我。黑熊要攻击陶柏，他们落荒而逃，只把我丢给了黑熊。

邬天说：他们以为黑熊会转而攻击你，以为你慌不择路，跳进了洞穴的地下河。可实际上，你和黑熊关系很好，是它保护了你，然后栖居在这里。

说得对！

你潜伏在山里，观察着林场发生的一切，还在山神的脑袋上贴了那张邮票，引导我发现毒品 LSD。

我是不是有些急性子？遥梦故作可爱地说。

考虑到马上就要大雪封山，有必要加快调查的进度。

说说你这趟回城都有哪些调查成果吧。

我在收容所里看到了那个疯了的傻子，显然他不具备语言表达能力。我还在一个建筑工地上看到养蛤蟆的单身汉，出于保密需要，我没让他发现我。我把浸过邮票的水样，还有水库里的水样交给派出所的小高。他送去检验时检测到了毒品LSD成分的存在。我还获取了最近的天气预报情况，以及今年两河口最后一趟水运的时刻表。

就这么些？遥梦眨了眨眼睛。

我还到饭店好好吃了一顿，又到澡堂好好泡了一下午，再到超市买了些零碎，就回来了。

你对我有所隐瞒。遥梦说。

邬天沉默片刻，说：在陶柏、你和黑熊遭遇的事情上，你也有所隐瞒。

遥梦严肃道：他有枪，你要当心。

我知道。邬天淡淡地说，陶柏打了黑熊一枪，不过没有打中要害。

遥梦张大了嘴，想说些什么，但还是忍住了。

不过我很好奇，那些从林场学校喇叭里传出的枪响声，到底是真的还是假的？邬天看着遥梦的眼睛。

遥梦嘿嘿一笑：你猜。随即，遥梦正色道，图穷匕见了，需要我做些什么？

什么你都不要做，在这里藏好就行。

遥梦没有接话，邬天也没有什么再说的。两人沉默了一会儿，黑熊已经把蜂蜜罐舔了个干干净净，它赌气似的把罐子摔在石头上，然后扭着屁股回到了石穴里。

快冬眠了。它要积蓄能量。遥梦看着黑熊，像是在自言自语，然后转向邬天，说：你要注意安全。

邬天点点头，转身向前走了几步，整个人便隐没在密林之中。

16

邬天爬到原本种满红松林，如今已成一片焦土的山顶，披上一袭灰毯，便和周围环境浑然一体。冰雨已经停了，大片雪花簌簌落下，不消一个下午便尽染层林。

望远镜里，一排涂着冷链车字样的货车停在药厂内，林场居民正把一箱箱药剂搬进车厢。近处，白杨穿戴整齐，抄起一根橡皮棍从火车站出发，右臂上还别了个林木查缉的袖章。

挨晚，药品装车完毕，小货车沿着长岭公路向山外驶去。白杨则守在最近的隘口，向那些驶近的冷链车横起了橡皮棍。

货车司机和白杨起了争执，显然是拒绝白杨的查缉。争执演变成撕扯。那辆黑色悍马呼啸赶到，三贱客跳下车，把白杨揍倒在地，又五花大绑塞进 SUV，掉转车头，回到了林场。

邬天咬咬牙，将望远镜重新对准药厂。陶柏四下观望，确定没有可疑情况，便进入一个稍小的实验室，在里面待了十分钟后，提着两个手提箱走了出来。一艘运煤驳船正停靠在两河口的码头边，一个穿着黑色大衣的男人，还有一个穿着迷彩服的男人，正等着陶柏。陶柏把那两个手提箱交给迷彩服。迷彩服开箱检查后，向黑衣人点点头。黑衣人把另一个箱子交给陶柏。正在陶柏开箱数钱时，那个迷彩服拎着两个箱子跳上船，将里面的袋状物塞进船舷焊接的夹层中。船老大坐在船头抽着烟，不去看身后发生了什么。

陶柏合上钱箱，和黑衣人握了握手。黑衣人也跳上船。船老大回到驾驶室，驳船嘟嘟冒出黑烟。在灰毯下的邬天从口袋里掏出了警用对讲机。

三贱客把白杨扔进山神庙，又一顿暴揍后，陶柏出现了。他问白杨为什么要拦阻药厂的货车，又问白杨都从遥梦和邬天的嘴里听到了什么。白杨咒骂陶柏毒害森林，毒害百姓。陶柏叹口气，耳朵一瞬间捕捉到房后传来的响动。正起疑虑，一声悠远的鸣笛从两河口下方传来。驳船已经顺利进入了航道。陶柏对三贱客说：处理干净点。

两分钟后，林场小学发出一连串如机关枪般的爆裂声。惊恐的林场居民蜂拥到小学外，有人说他们好像看到了支教的遥老师，也有人说他们看到了守林的邬天，甚至有人说他们看到了二十年前的林场警察，穿着一身灰色警服，脑袋歪向一边。林场陶书记要大家不要大惊小怪，但还是有许多人往山神庙赶，好像在这片即将被大雪与世隔绝的世界，只有那尊山寨出来的山神老爷能够保佑即将被上帝抛弃的他们。

这些林场居民闯进山神庙时，三贱客正将绳套勒在白杨的脖颈上。满脸涨红的白杨高喊：我是森林之子！我是森林之子！你们杀不了我！

这些林场的居民垂着手，愣在那里，唯有白杨还在一声声高号。林场陶书记从人堆后面刚挤进前排，正要说话，就被一个汉子踹在屁股上，滚到了三贱客脚边。陶书记坐在地上，指着白杨说：他拦着药厂的车不让出去，他是要让你们都失业。

有个老妇大声质问：就因为这，你们就要他去死？

他姓白，不姓陶，他会把你们那些秘密都说出去的。三贱客里为首的那个叫嚣道。

人群稍稍沉默了一会儿，便激起更为愤怒的咆哮。有人骂道：那都是你们干的坏事！有人在问：遥老师到底怎么了，邬天又怎么回事?还有人提到了消失的傻子和单身汉。

人们蜂拥而上,把陶书记和三贱客押着出了小庙。与此同时,两辆警车闪着警灯呼啸而至。

17

陶柏背离愤怒的人群,摸黑回到他的越野车前,发现整个前挡风玻璃被涂满了红色油漆。他没有感到疑惑,更没有感到愤怒,刺耳的警笛声已经说明了情况。他从车里拿起装着人民币的箱子,一头扎进了山里。

遥梦在林场小学模拟了枪响的声音。当她看到居民们蜂拥到山神庙时,便一心一意观察陶柏的动静,并跟着他钻进了山里。

陶柏早已规划好逃跑路线,即便泥雪湿滑,但生于斯长于斯的他对这片大山是再熟悉不过,脚步如飞的他甚至感到某种生命般的脉动。遥梦追了一阵,便失去了陶柏的踪迹。

陶柏下到一片山坳,沿着淙淙溪流不断溯源而上,一直走到沼泽和绝壁前,找到那根提前从顶上放下的绳索。陶柏将装钱的箱子系在皮带上,正要向上攀爬,邬天从一块大石后转了出来。

陶柏松开绳索,说:我猜想你有百分之五十的可能会出现。

那是你没有认真听我讲搜索贩毒小道的故事。邬天答道。

陶柏掏出手枪，黑洞洞的枪口对准邬天：你和我只有一个人能够走出这片山坳。

邬天哼笑道：你只当了三年兵，没怎么打过靶吧，居然连保险都忘了开了。

陶柏的眼光稍一偏移，邬天便化成那只雪豹，身体的全部力量汇聚在肩膀，继而泻在陶柏软绵绵的胸口上。那把手枪被撞飞，划出一道弧线，落在一块大石头上。

陶柏爬起身，瞅着那把枪，冷冷地说：你想把它捡起来吗？你已经忘了那个被你误杀的老百姓了吗？

邬天哈哈大笑，上前一步，把枪捡到手中。

你忘了那头熊。邬天给他提了个醒。

那头熊？陶柏正狐疑，身后的黑熊已经直立起身体，挥舞前掌，发出了巨吼。

陶柏被黑熊拍晕，虽不致命，但脑震荡是肯定的。遥梦喝令黑熊走开，黑熊耷拉着脑袋，抱起一罐邬天扔来的蜂蜜，坐到了小溪边上。邬天用对讲机向派出所小高汇报了位置，然后拎起手枪套筒，看一眼枪身上的编号，便对遥梦说：这是你父亲的，编号一个数字都不差。

遥梦一怔，说不出话来。

我回林江城，不仅吃了大餐、泡了澡，还查了支教档案，教育部门根本没有向金山林场派过支教老师。所以，你为什么要来这里呢？肯定不是什么浪漫主义在作祟。我想到山里那名殉职的警察，他如果有孩子，年龄应该也和你差不多吧。果然，他有一个女儿，她的名字不需要我再告诉你了吧。

这个自称遥梦的女孩笑道：你果然厉害！

我查了二十年前发生在林场的警察殉职事件。档案里记录你的父亲为了抢救散落到河里的木料而壮烈牺牲，配枪也随之下落不明。但抢险救灾是不存在的，真实发生的，是陶柏组织林场居民哄抢木料，被你的父亲出面阻止，有意或无意间，陶柏杀害了你的父亲，夺走了他的配枪。而那些哄抢木料的林场居民也无奈成了这起罪案的集体共犯。这么多年来，陶柏一次次利用这种负罪感对林场居民实施心理敲诈，让他们在一次次罪恶横行时保持了沉默。

他们在今晚打破了沉默。女孩说。

我很欣慰，不仅为了白杨的勇敢，也为这些大山居民内心没有泯灭的良知。

女孩沉默了，她的眼中噙满了泪花。她说：谢谢你帮我抓到杀害父亲的凶手。

如你所愿,也如你所安排。我们俩配合得很棒。邬天笑道,对了,还有个事情恐怕你也不知道。我在林江城时,还托派出所小高查了旅馆入住记录,发现两个鲍经理的同乡,也就是今晚和陶柏交接毒品的人。原来是鲍经理安排他们向陶柏订了这批毒品。不明就里的陶柏居然还傻乎乎地以为是他勒索了鲍经理,让他提供制毒的原料和设备。

遥梦鼓起掌:你比我想象的厉害多了。

远处传来警笛声。邬天问:你准备去哪儿?

既然遥梦已经失踪,那我只能换一个身份,在别的地方重新开始一段生活。

那么,祝你好运。邬天伸出手。

女孩握着邬天的手,说:你也是!

女孩转过身,跳过小溪,钻进密林。那头黑熊有些不舍地丢下空了的蜂蜜罐,追随着女孩也进到密林里。一人一熊很快便消失不见。

邬天凝视着密林许久,他没有看被大雪覆盖的枝叶,也没有看被水汽笼罩的根茎,他只是盯着树与树中间的黑暗,尽可能极目远望。他看到了狂野与静谧,看到了危险与安宁,看到了正义与邪恶。他看到了整个世界,看到了那头在其中纵身飞跃的雪豹。

无人之子

你知道，故事的结尾并不重要，生活唯一确保我们的就是死亡。

所以我们最好不要让那结尾夺走了故事的光芒。

——雷蒙德·钱德勒

1

从小到大，父亲对于我，与其说是一个人称，倒不如说是一个地点名词。

依稀记得，学前班报到后的那天下午，母亲领着我来到绿宝石煤矿八号井，兀自先点上一支烟，幽幽抽了一口后，才指着被矸石和矿车封住的井口说：以后同学要是问你爸在哪里，喏，他就在下面。

顺着烟头指的方向，清澈的瞳孔撑到最大，却还是无法穿透黑暗，看清父亲的样子。

我是一名遗腹子，这意味着我从没见过父亲一眼，家中也没有一张他的照片，除了姓氏和血脉，这个男人没有给我留下任何遗产。父亲之于我，本是可有可无的东西。但自从母亲告诉了我父亲的所在，幼小的心灵就多了一份恐惧的向往。这种感觉就像是明知卧室的大衣架会在午夜变成一个九头怪，用它黏糊糊的九条舌头偷尝我的小饼干，我却仍想把脑袋探出被子去看它一眼。

我独守着这份恐惧，像一株发育不良的冬小麦，挤进了人头攒动的教室。直到有一天，少先队辅导员把我和几个孩子课后留了堂，每个人发了一根棒棒糖后，才问起了我们的困难。

棒棒糖很甜，辅导员很香，有个女孩哭了，辅导员拥抱了她。我也想哭，以为这样便可以贪婪地在她怀抱中闻橘子水的香气。一个外号瘦猴的男孩却冲我狡猾地眨了眨眼。他是在和我对暗号吗？我们之间又有什么共同之处？我努力排除棒棒糖和辅导员的干扰，聚精会神，然后明白过来：原来这一屋子孩子的父亲都是地点名词，他们都因为一场瓦斯爆炸被埋葬在绿宝石煤矿八号井黢黑的井下。

一旦恐惧被分享，好奇也随之被打开，压抑许久的生命开始野蛮生长。为了攀比胆量，我和瘦猴一步步向废弃的绿宝石煤矿腹地深入，一直前进到塌陷区形成的湖泊前才停下脚步。我们爬上高高的井架，想象这是父亲高举的臂膀；我们踩在巷道的斜顶，想象这是父亲弯曲的脊梁；我们钻进堵在井口的矿车，谛听井下风的声响，想象那是父亲低沉的喘息。

我和瘦猴被这喘息声摄住了魂魄，生怕任何细微的举动都会唤醒黑暗巨兽，它会张大嘴巴，把我们吞进肚子。我们渴望被吞噬，以为这样便可以见到父亲；我们也渴望逃离，毕竟谁也说不清父亲是怎样一个恐怖的模样。

就这样，在永恒的纠结和片刻的笃定中，我开始长大，长成我从来也不曾想象的样子。

出租车缓缓停在了市公安局大门外，我睁开眼，偷偷抹了一把泪，暗忖多久没有在睡梦中泪流满面。我愿意相信这泪水迟到了许多年，它本应流进辅导员的怀抱，可瘦猴打了个岔，我竟把它储存了这么久。

接待我的是一名年轻刑警，二十岁出头。虽然做了自我介绍，可短时记忆没有得到保存，一杯茶的工夫我就忘记他叫什么，只能以尾号362的警号来记住他。362翻出一个五寸大小的牛皮袋，从里面取出一枚针头、一块方格纸。他的声音有一种假作的歉意：会有一点儿疼。

我点点头，熟门熟路地摊开右手食指指肚。

针尖刺破皮肤的瞬间，我先是感到一丝冰凉，然后是刺痛、麻木、兴奋、疑惑，以及百分之十的愤怒。362没有任何表情，他捏着我的手指，像画一幅油画般将方格纸全部涂满，血透纸背。然后，他甩了甩方格纸，让血渍迅速变干，然后塞回牛皮袋，填上我的名字、性别、年龄、户籍地址、现住址、身份证号码、联系电话……指肚开始发痒，忍不住想打开我的手机支付宝，那玩意儿可比身份证更能代表我自己。

一个五十多岁的老警察推门进来，我认得他，他也认得我，很久以前，我们打过交道。他的警号是153。153没有寒暄，开门见山便说：我们发现一具尸体，怀疑是你父亲，所以把你通知来了。

我坐下来，摆出一副洗耳恭听的姿态。

153向362点点头，年轻的362便介绍起发现尸体的过程：南城宾馆要在原址上爆破重建，先期对内部管网拆除时，工人在风道内发现了一具风化的尸体，尸体衣服口袋里有一张身份证，经过查询，正是三十年前绿宝石矿难的死难人员。362顿了一下接着说：也是你的父亲。

153接过话头：法医对尸体进行解剖，发现后脑有一处开放性伤口，疑似钝器击打所致。考虑到伤情和尸体发现地点，我们高度怀疑这是一起故意杀……

我举起了手：为什么尸体没有腐烂？

153和362一愣，显然，他们不明白我为何对尸体保存技术的兴趣要高于对凶手的兴趣。

362轻点鼠标，掉转屏幕。猝不及防地，我看到了由裸露牙床撑出的一个O型的父亲。362说：风道内干燥凉爽，且每日通风，日久天长，便形成了干尸。你可以百度，唔，查一查楼兰古尸。

153接着说：我们正对这起故意杀人案开展侦查工作，首要任务是查清尸源。虽然有身份证佐证，但还需要采集你和你母亲的血样，才能最终确定死者的身份。技术民警刚去找了你的母亲，可她非常不配合，还咬伤了民警的手。

我又没头脑地问一句：他的左臂呢？

153一愣，反问：你母亲没有告诉你吗？

我摇摇头：没有，我是一名遗腹子。

153说：你父亲的左臂很早就被截了肢。

我哦了一声，跟上了警察的思路：我妈现在山里的精神病院疗养，明天我会去看望她。

153说：那就拜托你帮着取一下她的生物样本，一根头发就行。

我站起身：还有什么要交代的？

153打开文件柜，从里面取出一只海鸥牌手表：这是戴在尸体右手腕上的，现在还给你。

我把表塞进裤兜，表链硌着我的大腿，我把手表掏了出来，照着父亲的模样套在了右手腕上。

153送我到门口，犹豫道：没想到，过了这么多年还会见面。

我不想往事重提，摆出一副无话可说的姿态。

153又说：宾馆风道出现干尸的事情，传出去会有不利影响，所以务必要保密。

我点点头，离开了办公室。

2

重新站在公安局正门台阶上，享受直射下来的日光，我禁不住大口呼吸，仿佛如此才能将风道里日复一日吹过的腐臭吐干净。

与此同时，螺旋桨搅动空气，形成声波，共振我的耳膜。我眯缝起眼，看到金色的尾翼渐渐熔化在太阳的光芒下。我想起今天是周二，是海上直升机搜救队的训练日。犹豫片刻，我掏出手机，拨通了礼拜二的电话。礼拜二问我：是你来我这儿，还是我去你那儿？

礼拜二的丈夫每周二都会飞行训练，我和她会在这一天约会，这也是我称呼她为礼拜二的原因。我钟爱她家落地窗前铺着的澳毛地毯，我们会坐在地毯上，望着直升机消失在云端，然后倾尽肺活量完成一个漫长的吻，倘若她的丈夫恰巧举起望远镜，想必会看到因为缺氧而满脸通红的我们。对我来说，这枚吻如同降压药，让我紧绷的神经舒缓下来，并在时间的推移中，产生了某种不明病理的药物依赖，成了我难以戒除的心瘾。

此刻，礼拜二侧躺在我的身边，酒红色的蕾丝睡衣包不住略显丰腴的胴体，肩膀上细细的吊带愈发岌岌可危。她慵懒的食指在我裸露的胸膛上画着圈圈，我猜她是在用某种远古的符印标记着自己的领地。

礼拜二读懂了我的猜测：我只是算他的油量还够飞多久。

多久呢？

她露出了神秘的微笑。

对于丈夫每次的飞行任务，礼拜二都熟稔于心，她甚至可以背出直升机各种操作的仰角和俯角，以及仪表盘上对应的数据。她本以为如此便会减少对丈夫的担心，但事实证明，知道得越多，焦虑反倒越重。在天上螺旋桨旋翼的轰鸣几乎要把她折磨疯掉的时候，她向我发出了SOS。

那是我的妻第一次来公司查账的那天上午。妻要求财务把我婚后所有的收入明细提供给她，以此作为财产分割的依据。财务请示了副总，副总满脸坏笑瞅着我。我不敢看妻，只是匆匆向财务点了点头。财务很快把明细打印齐全，交给了妻。妻看了许久，向副总提出了那个显而易见的问题：为什么他没从《爱的物语》里分到钱？

副总指着我说：他没有参与这个项目。

可我看到他每晚回家都在给这个游戏写代码啊！

那是算在工资报酬里的，没有额外分红。

妻狐疑地扫了眼众人，两个眼珠子上分明写着两个字：骗子。

礼拜二恰在此刻推门进来，找副总签一个手续。副总说：喏，这是公司专门聘请的脑神经专家，她才是《爱的物语》的总设计师。

随后，副总用算法、代码还有脑神经奖励机制等一堆专业名词砌成一堵高墙,将妻隔离在墙外。无力反驳的妻只得恶狠狠地对我说:别和我玩什么躲猫猫,小心我让你倾家荡产!

妻离开了,副总拍了拍我的肩膀,脸上的笑意分明在说:你欠了我一个人情。的确,这番对话是经过事先演练的,作为当事人的我,只需按照演练安排无话可说地走个形式就可以。

当天晚上,我进入"育儿袋"实验室,对增强虚拟现实游戏《孤岛求生》进行第一次内测。在游戏场景中,礼拜二扮演的女刺客主动拥抱了我扮演的小木匠,我有些发蒙,不知道这虚拟的拥抱意味着什么,毕竟,我和她身处的是一个网络游戏。

礼拜二是脑神经专家,主导设计《孤岛求生》的游戏头盔。这个头盔相当于脑机接口,可以将游戏场景转化成电讯号,在大脑皮层特定区域投射出相应的图像;又可以将大脑指令通过集成在头盔内的传感器下达给游戏中扮演的人物,完成各种探险活动。因此,玩家只需要戴上头盔,找一个舒服的沙发坐下,便可以享受《孤岛求生》的沉浸式体验。

相比之下,由我主导开发的《爱的物语》体量要小许多。它是一款恋爱养成类游戏,是基于婚恋网站、情感贴吧和社交媒体的大数据整合分析。虽然简单,却不妨碍它成为一个爆款,一度登上游戏下载排行榜的前三名。更令我没想到的是,单身狗们竟然放大了游戏的社交功能，通过它来寻找自己潜在的伴侣。

《爱的物语》发布之前，副总不知从哪儿知道了我的婚姻危机，他果断剥夺了我设计师的名头，将它安在了礼拜二头上。副总说这是为我好，因为一旦妻子和我打起离婚官司，她一定会主张分我那一半游戏开发的分红。对此，我虽无法驳斥，但还是明白，他真正怕的是我婚姻失败者的身份会打击到广大游戏玩家的信心，进而影响到游戏的订购。

礼拜二的手指停止了画圈圈，她问我：副总是怎么承诺的？

他说等我把离婚手续办完，就会把《爱的物语》游戏分红给我结清。

没有签合同？

只是口头承诺。

你信他？

副总的压力也很大，公司在《孤岛求生》游戏上投了巨资，前面赚的钱几乎都投给了研发。

一码归一码，该给的钱一分也不能少你。

我无奈地笑笑，转移了话题：天上没有螺旋桨的声音了。

他该返航了。

我从床上爬起来,拎起裤子。礼拜二指着我的右手腕:你是穿越了吗?

什么?

手表上的年份是一九九○年。

哦,或许是吧。

你想让它接着转吗?可以送去钟表行修一下。

我想了想答道:我不知道。

3

母亲的房间位于精神病院顶楼,是一个单间。据说发疯那天,她连身份证都没带,却紧紧攥着一张银行卡。在POS机上一刷,里面共有七位数。对此,我表示无话可说。

医院位于山脚下,湖泊悬于山腰上,既像挂在母亲窗前的水墨画,又像是母亲梳妆的明镜。夏天,有男孩脱光了衣服,赤条条地在水库里游泳;冬天,有南飞的大雁栖息在山林中,竞相唱起北地的歌谣。

平日里,我可以直接去母亲的房间探访。但护士告诉我,由于母亲咬了警察,暂时把她关了禁闭,采取了约束性的措施。

护士领我进了会见室，让我耐心等待。

会见室很大，很空旷，各种声音在此飞翔，形成某种立体的混响……

到时候一定要上一组立体音响，舞台边上还得有泡泡机，还得有氮气，就是那种能形成烟雾效果的。五年前，未婚妻这样对我的母亲说。

母亲微笑着，让助手全部记下来。

那是在订婚午宴结束后，我和未婚妻一起来到母亲经营的婚庆店，商议婚礼仪式的各种安排。我本不打算让母亲费心婚礼的事情，但未婚妻坚持肥水不流外人田。对此，我也无话可说。

我偷眼看母亲，和往常一样，盈盈的笑意中透着一种事外的冷漠。我明白，让她出席订婚仪式已是非常难得，更别说让她接受未婚妻提出的诸多条件。

末了，母亲将一个手提包递给了未婚妻，说是给儿媳准备的礼物。未婚妻翻来覆去看了看，有些不确定，拉开拉链后，才发现一张购物小票。未婚妻的眼中放出了光芒。她搂住母亲的脖子，亲昵地喊了声妈。母亲却在此时看着我，她的眼神多了份忧郁。一瞬间，我的心中却流过一丝暖流，原来母亲还是关心我的。

婚礼仪式是由母亲助手全程操持的,母亲并没有来到现场,对此,我不感到奇怪,妻也没有太多抱怨。那天我喝多了,他们说我抱着妻哭道:我有家了,我终于有一个家了……

第二天中午醒来,妻还在昏睡,母亲的助手打来电话,说老板已经三天没有来上班。我哦了一声,头痛得要命,上了趟厕所,便又倒头继续睡。到了晚上,一个警察打来电话,说有个女人精神不太正常,向路边的人吐口水,路人上前理论,这个女人就张口咬人,由于一时间查不清女人的身份,便把她暂时送进了精神病院强制医疗。

我问警察:那个女人是我母亲?

警察说是。

妻正端着一个果盘从厨房出来,她问是谁打来的电话。我暗忖,新婚第二晚便把妻丢在家中想必不太合适,便把母亲的事情按下不提,挨到清早,我向公司请了假,直奔精神病院。本想确诊病因后就把母亲带回家,但伴随着一次又一次的检查,我意识到,自己或许正站在一个三岔路口。时间久了,母亲便在精神病院常住了下来。

母亲被带进会见室时,双手缠绕着胶带,嘴上戴着不锈钢口套,像电影《沉默的羔羊》里的汉尼拔。护士解释道:你母亲刚咬了警察,按照规定,三天内必须采取约束措施。

我愤愤地说:可是我是她的儿子。

她不知道。

护士的话把我硬生生怼了回去,再瞧母亲,她正靠在椅背上,意兴阑珊地瞅着我俩拌嘴。最终,护士还是妥协了,她为母亲解开了口套和胶带,然后退到了墙角的阴暗处。

母亲先是理了理刘海,再用捆手的胶带把头发束紧,才伸出了两根手指。很好,她还能认得我。我将一支烟放在她的两指间,替她点上,再将烟盒推给她,却把打火机留了下来。母亲瞅着烟身上的商标,有些疑惑。

我捏碎了过滤嘴里的爆珠,告诉她:这是新品种,薄荷味的,以后抽前记得像这样捏一下。

然后,我掏出一把梳子,绕到母亲身后,轻轻解开胶带,为她梳起了头发。母亲今年五十三岁,满头的黑发油亮卷曲,这和她多年来良好的生活条件密不可分。一支抽完,母亲从烟盒里又抽出一支,用前一支烟的屁股将其点燃,时间便在那一小团不断变化的烟气中浅浅消磨。我有些走神,莫名其妙想起了动物园里的猴子,它们似乎也喜欢为彼此梳理毛发。

拧灭了第五支烟头,母亲将烟盒塞进左边口袋。我停下梳子，将几根头发悄悄缠在梳柄上。母亲站起身，向会见室门外走去。我问护士该去哪儿。护士说回房间吧。我便一路陪着她，回到那个焊死了老虎笼的湖景房。窗外的湖泊正在重修堤坝，高低不平，像是老人残缺的牙齿。

警察通知我去领我父亲的遗体。我如是说。

母亲没有任何反应。

我沉一口气又说：那是你丈夫的遗体。

母亲这才回过头，她的眼神比黑洞还要空洞。

犹豫一下，我轻轻拥抱了母亲，然后便带着她的几根头发离开了精神病院。

4

回到城内，已是傍晚。我先遛了同居一屋的边牧（也可以说是它遛了我），然后为它准备好晚餐，便一头倒在床上，让傻狗的咀嚼催我入眠。

好的，它在挑大块的鸡肉，哈，一条及时行乐的狗；它在咀嚼松软的鸡架，也是，食之无味，弃之不忍；它象征性地舔了几口鸡汤泡发的米饭，哼，居然傻狗也会走过场；然后，它伸出舌头，卷起清水，一半送进口腔，一半撒在地上，天啊，房东的高档实木地板……它去哪儿了，哦，对了，听声音，它一定在啃磨牙棒，这对清洁狗牙有好处，嘶嘶嘶嘶，它能啃上一个小时。我的眼皮有些沉……

客厅传来鼾声，天啊，这声音和人的呼噜可真没区别。

该死的尾巴又在敲打着地板，它是在梦中策狗奔腾吗？

傻狗站起身，原地转了270度，换了个方向，再次趴了下来。

与此同时，我脑袋里的一根弦拨了一下：又没睡着！自从到公安局见了153后，许久未见的失眠症又找上门来，就像一个难缠的债主，来时容易去时难。

打开手机，已是晚上10点40，我穿衣洗脸，轻踹了边牧的屁股，傻狗扭头瞪了我一眼。随后我便离开家，赶往"育儿袋"。

之所以将游戏实验室命名为"育儿袋"，是因为在我看来，每款游戏上市前都像是未发育成熟的小袋鼠，需要一段时间的内测与调试，确保它足够健康壮硕后，才放心它跳出袋子，面对广大玩家。而选择在午夜工作，是因为此时大量未成年玩家已经被系统强制下线，低负荷运转的服务器可以为《孤岛求生》内测提供富余的算力。

《孤岛求生》游戏本身并不复杂。佩戴专用头盔的玩家会进入一个现代文明全部崩溃后的荒岛，通过对有限资源的争夺，进而为自己赢得一线生机，直到幸存者登上火山山顶，被忒休斯号飞船带离这座小岛，才算得上真正通关晋级。而这种晋级，从实质上来说，无非是从一个房间进入另一个房间而已。考虑到近年来"吃鸡"游戏风靡全球，这款被脑神经科学赋能的增强虚拟现实游戏必将引爆整个网游界。

闲话少说，开始正题：

第十二次内测

时间：2020年6月20日0时0分

地点："育儿袋"实验室

参与人员：白金大神、安全狮、翻译官、Travis、老鸟、锅盖头、无话可说

有必要让大家都先露个脸儿，毕竟这七位内测玩家都是游戏开发的核心人员。

白金大神：网文作家，负责游戏剧本开发，《孤岛求生》网文原作者；

安全狮：网络白客，负责系统和服务器安全，曾供职于一家知名网络安全公司（Logo是小狮子）；

翻译官：信号编译专家，负责神经讯号和电讯号双向转译，

小太妹一枚；

  Travis：集成芯片专家，负责硬件模块集成和开发，标准理工男；

  老鸟：职业玩家，负责游戏可玩性鉴定，WCG和CFS双料世界冠军；

  锅盖头：也就是礼拜二，负责游戏头盔和相应硬件的设计，脑神经科学家；

  无话可说：也就是我，负责编写代码，搭建游戏算法，一个没有感情的"程序猿"。

  按照计划，七名内测人员进入游戏当中，用眼睛和双脚（实则是游戏头盔中的各种传感器）来感受虚拟的小岛，核对相应的代码来发现游戏可能存在的bug（缺陷）。我们以游戏地图中央的火山口为原点，分别向不同方向进发。

  我扮演的是一名木匠，穿过火山脚下一片并不茂密的灌木丛，再趟过一片危机四伏的沼泽地，便可到达海边那座废弃的水泥厂。这里是物资较为集中的区域，可以获得武器、食物、医疗等方方面面的给养，自然也将成为游戏玩家们的必争之地。

  进入厂区后，我要了个私藏的作弊模式，一跃到八十米高的冷却塔顶，坐在塔顶边缘，俯瞰整座孤岛，就像朕在俯瞰他的江山，情不自禁闭上了眼。

从小到大，每晚关灯闭眼后，我都会想象自己驾驶着一艘漫游云端的忒休斯帆船，继续我的征服之旅。意念的脚步从喧嚣拥挤的城市延伸到川流不息的马六甲海港，然后是西域的撒马尔罕古城、西伯利亚冰原的萨满部落、广袤潘帕斯草原的牛马成群……就这样，我任由青烟般的意识蔓延消散，带我去往越来越陌生的土地，直至进入更为陌生的梦乡。

收回思绪，我开始加载玩家，测验服务器运行性能，以此寻找可能存在的 bug。一分钟后，三十六名电脑玩家出现在厂区，徒手一阵乱战后，幸存的十名电脑玩家开始各寻武器和掩蔽，进入新一阶段的对战中。这些电脑玩家不懂得人类的合作和背叛，它们只是各自为战，胜负完全靠算法来决定。我则藏身在冷却塔顶，监视这些算法的运行情况。

突然，头盔里传来报警声，与此同时，一团蓝色火焰迅速滑过水泥厂空地，直扑一名潜伏在荒草中的电脑狙击手，电脑玩家还没来得及反应，就被这团蓝色火焰吞噬。随即，蓝色火焰又向下一名电脑玩家藏匿的地方扑去。这是什么新武器吗？我暗忖着，将这团火焰截图保存到服务器，然后跳下冷却塔，想继续追踪。蓝色火焰迅速变得透明，不再可见。

内测结束后，我找到汗涔涔的礼拜二，打趣道：看来你玩得很嗨？

礼拜二笑答：我原以为自己不会沉迷游戏呢。

我们不能断言那些并不了解的事情。我耸耸肩，然后说：刚才内测时，你有没有看到一团蓝色火焰？

礼拜二摇了摇头。

我接入服务器，想把那张截图调给礼拜二看，可找了许久都没找到那张图。我用指关节敲了敲脑袋，以为连日的失眠让我出现了幻觉。

5

第二天一早，我来到市公安局门外，等153来上班。

距离8点差2分钟，我看到了骑着山地车的153。临近门前，他慢下车速，右脚轻轻点地，然后又加速离去。骑出十米开外，153停了下来，转过头向我招了招手。

153的办公桌上堆放了半米高的卷宗，封皮上卡着红色的归档章，时间那一栏填着1990年，正是绿宝石矿难那一年。153拍了拍这一摞卷宗：马上要还给档案室了，如果你想看，可以在网上填一个申请。

我摇摇头，把一个封口的保鲜袋递给153，里面是几根母亲的头发。

153道了声谢谢,把那几根头发转移进了物证袋。

我问他:你们是不是要做减法?

什么?

就是拿我的DNA减去我母亲的DNA,就会得到我父亲的DNA。

153想了想:简单粗暴来说,的确是这样。

我唔了一声,暗想着:究竟是一个人的身份证,又或是他的DNA,还是那些高高耸立的档案卷宗,才能更为准确抵达一个人的本质?

153的声音有些远:你还好吗?

我回过神来:什么意思?

你的眼圈有些发黑。

哦,这几天失眠得厉害。

年轻的时候,我从来都不会失眠。

你是警察,见过那么多尸体和杀人犯,肯定有颗大心脏。

153笑着摇头:不过年龄大了,反倒容易失眠了,特别是想起一些往事的时候。

我看到一道弧光从153的眼中闪过,这是一道危险的弧光,我可不会那么容易上当。我换了个话题:当年那场矿难发生时,你也在现场吧。

153的皱纹里泛起了历史的油光：矿难发生当晚，市局就成立了三个小组。第一组是安保组，负责救援现场的安全保卫；第二组是维稳组，负责遇难矿工家属的引导劝导；第三组是调查组，负责对矿难中可能存在的犯罪进行调查。我是刑警出身，便跟着师傅进入了调查组。

不过，当时工作的重心都放在救援上，我和师傅想搜集线索，但没有人愿意搭理我们，就连有的领导也认为我们只是走走形式，这使得很多线索没法查证，很多证据也都灭失。事故发生三天后，调查组都没弄清井下到底有多少人。这给了那些矿工家属一丝绝望的希望。一个月后，救援工作宣告终止，最后公布的死亡数字是二十人，包括那些不明下落的失踪矿工。如今看来，这个数字要核减一人。153无奈地笑笑：这一人之差，决定了事故的等级，也决定了追责的范围，那个分管工业的副市长就不会被免职了。

我对什么副市长不感兴趣，而是问153：我的父亲当年在失踪名单里？

不，你父亲当晚在井下，有人看到他陪着矿长一起下的井。

可他的尸体却出现在宾馆的风道里。

是啊，这推翻了很多结论，同时又提出了很多问题。

父亲当年的工种是什么，掘进，还是采煤？

是通风。

我一怔，想起了矿难的原因是瓦斯爆炸。

153读出了我的心思：如果你父亲发现通风出了问题，引发的瓦斯浓度超标不可逆转，他是有可能选择逃跑的。

这是你的猜测。

是的，很多种猜测中的一种。

你还好吗？153冷不丁地又一次问我。

什么？！我抬起头，像一只炸毛的猫。

我是说，你现在做什么工作？

我是一名游戏软件设计师。

刚进办公室的362突然发问：是X公司吗，就是那个开发了《爱的物语》的公司？

我点头：是X公司。

362说：我正在玩这个游戏，挺不错的，不过困在一个关卡出不来了。

我在一张A4纸上写下一串字母和数字组合，告诉362：这是一个作弊代码，保你上天入地，无所不能。

362拍了拍我的肩膀，表示感谢。

我站起身，153送我出了办公室，欲言又止：半年前，你的妻子打过一次报警电话……

闹离婚而已，没什么大不了的。我硬邦邦地把话头堵死，一步跨进了电梯间。

153唔了一声，有些抱歉道：解决了就好。另外，如果有什么疑惑，或是想起了什么，记得给我打电话。

直到电梯门关上，我都没再搭理153。

回到家中，已经是困倦之极，边牧低头瞅着楼下小学的操场，一群小孩儿正在操场上踢球。我陪着看了一会儿，觉得没什么章法，便粗暴地拉上三层遮光窗帘，倒头在卧室的床上。可当我的侧脸触到被面时，大脑里的某个开关自动打开，经由神经突触的齐声欢唱后，形成一个非常具体的问题：这次我会失眠吗？

在我看来，睡眠是一个意识进入黑洞的过程，相反，失眠则是意识从黑洞中被释放出来。无疑，在这个四下漆黑的下午，我的意识像一口黏稠的唾沫，被黑洞吐了出来，糊住了我的大脑皮层，激起各种抗议和喧嚣。

自然而然，我又一次失眠了。

虽然闭着眼，我却仿佛看见黑天鹅跳起了死亡的舞步，也仿佛听到灰犀牛迈起了毁灭的步伐，但纵然世界就在下一秒完蛋，沉重的肉身却无论如何也无法把我从床上拉起来。

挣扎许久，我打开手机，在公司"程序猿"的微信群里发布了一条预警信息，要码农们留意是否有形成蓝色火焰的错误代码。

许是听到了动静，傻狗用鼻子顶开卧室门，跳上了床，背对着我，老夫老妻似的睡在了床的另一半。我在狗头上撸了两把，紧绷的神经稍稍有些缓解，然后便翻身下床，开始为狗准备晚饭。

房间依然被三道厚厚窗帘隔离，没有任何一丝光能透进来，但这不会困扰到我，在如此黑暗的环境下，记忆开始取代视觉——我已经完全熟悉这个由各种家具、电器构建成的迷宫，从房门到沙发要六步，从沙发到茶几要一步，从茶几到电视要三步，从电视到餐桌要八步，从餐桌到马桶要十步……瞧，一切都只是算法和数据。

妻曾说我的生活太简单枯燥，除了电脑和必要的衣物外，几乎没有任何私人物品，一点儿人情味都没有。我承认，这或许是她离开我的真正原因，发源于我灵魂深处的隔膜，让她感到了某种不可逆的冰凉。可为了驳斥妻的这种说法，从家里搬出来后，我租了这个一百六十平方米的四居室，又花了三十万元买了全套的家具、电器、健身器材和成系统的智能设备，把空荡荡的房间塞得满满当当。此外，我还花了五十多万买了一辆肌肉感爆棚的越野吉普。礼拜二说我是疯了，是缺乏男性荷尔蒙的自卑心在作怪。我不认为疯了这两个字可以概述我的真实意图，但我也懒得去解释，毕竟这种一言以蔽之的标签广泛存在于我们的生活当中。

想来也是，为了弄清楚自己是怎么一回事儿，把大脑取出来解剖分析，又或是洋洋洒洒写几十万字的思想汇报，实在没有必要，倒不如将人物质化，虽然粗糙，却很有效。就像口红面膜之于少女，游戏动漫之于宅男，书籍论文之于学者，蔬菜瓜果之于主妇，等等。安全狮曾告诉我，如今警察破案越来越依靠我们的电子消费记录，支付宝和微信要比你的老婆，甚至是你更了解你自己。

对此，我无话可说。

可我又不愿囿于数据信息编织的牢笼，无比厌烦手机里那些相似的推送信息。与此同时，外面的世界不停地挥舞着彩色的小手帕喊道：来啊，这里有更精彩的东西等着你。这或许便是我在出租屋里购买这些家具电器的真实原因——是的，尝试过一种完全不同的生活。

把这层意思想明白后，我才意识到，真正让我失眠的，是一个被过去模糊的未来，而在这其中，那里一定有什么东西在等着我。距离午夜"育儿袋"内测还有三个小时,我盘腿坐在沙发上,在黑天鹅与灰犀牛这两种不良预感间终于下定决心,到老屋去看一看。

绿宝石煤矿位于城南,边上就是自由村。20世纪80年代初,随着绿宝石煤矿开采,许多男人来到矿上,过起了三班倒的生活。有了男人自然有女人,有了女人自然有孩子,接着,菜市场、小饭店、小诊所,甚至一所矿工子弟小学开始出现,自由村也慢慢形成了规模。

矿难以后,年轻的母亲守了寡,很快便离开伤心地,搬进了城里的一条小巷,一住便是二十多年。我在小巷里出生和长大,可我并不感到亲近,小时候不明所以,如今想来,这条小巷或许是我母亲的另一种物质存在,让我无时无刻不想逃离它。

母亲被精神病院收治后,我曾回到小巷老宅,为她收拾换洗衣物,也是为弄清楚母亲突然发疯的原因。我翻箱倒柜,把老屋掀了个底朝天,却没有任何有价值的发现,今天也是一样,抹去浅浅的灰尘后,老宅子依旧是白纸一张。不得已,还是得回一趟自由村,回到那个滋养我和瘦猴的友谊并最终将其埋葬的地方。

许久未见,自由村变得愈发残破,我必须小心身边那一堵堵颤巍巍的墙，生怕它们会冷不丁给我一个熊抱。穿过一片瓦砾堆成的小丘后，我看到了一辆闪烁着警灯的警车，眯缝起眼，153正靠在引擎盖上拧矿泉水盖。

我走上前去，借着闪烁的警灯，看到他的大拇指外翻着，指肚上正汩汩冒着血。我帮他拧开瓶盖，把水浇在伤口上。

153无奈地笑道：一截破钢丝。

你得到医院打一针破伤风。

不急，我带你去一个地方。说着，153在前面领路，带我穿过一条杂草丛生的小巷，来到巷尾的一个院落。门没有关，362蹲在院内，正在整理着什么，屋里有晃动的手电筒灯束。

153说：这是你母亲曾经住过的小院。

我摇摇头：我是在城里出生的，母亲从没有带我来过这里。

153从362手中接过一个圆形饼干盒，又转手递给了我：里面是几张你母亲的照片。

我盯着饼干盒，像是鱼儿盯着鱼钩，工兵盯着地雷，犯人盯着手铐，我的意志开始撕扯。

我看过了，没什么重要的，就是几张照片而已，现在物归原主。

你确定？我虚弱地问。

153把饼干盒塞进我的怀里：你可以打开看一看。

我抱着饼干盒,像是抱着引信还没拆的炸弹,犹豫道:还是以后再看吧。

153又进一步:如果方便,你可以用它帮助你的母亲回忆些什么。

我不敢看153,只得侧过脸,木然地点了点头。巷口站着一个拾荒老人,如果不细看,还以为是半截朽木。

你有多久没有回这一片了?153突然又问。

我明白153意有所指,只是含糊道:很久了。

153唔了一声:瘦猴的事情过去了那么久。

我转过头,盯着153的眼睛道:还是冷不丁地想起来。

那不是你的错。

我咬住后槽牙,狠狠地说:当然不是我的错。

两相尴尬间,手机响了,礼拜二的声音有些仓促:《孤岛求生》出问题了,你抓紧回来吧。我的心一紧,随即将饼干盒塞进斜挎包内,掉头离开。余光里,那个拾荒老人依然像半截朽木杵在那儿,只不过转了个方向,似乎在送别我。

6

第十三次内测

时间：2020 年 6 月 20 日 22 时 35 分
地点："育儿袋"实验室
参与人员：无话可说

戴上头盔的下一秒，一团蓝色火焰便飞速掠过身后，把我的牛仔裤烧出了一个渗血的窟窿，火燎燎的痛。

当然，真实的我并没有受伤，这一切都是礼拜二的设计：通过头盔将游戏内的变化转变为神经讯号，刺激大脑对应的皮层区域，进而形成近乎真实的感觉。

我稳住心神，打开作弊程序，跃升到烟囱顶端，看清了脚下的孤岛到底成了一个什么模样：一团团大小不一的蓝色火焰被风驱赶着，像是毛茸茸的干草团，在整座岛上胡乱穿行。奇怪的是，这些火焰并没有形成熊熊烈焰，将孤岛变成一座炼狱，它们只是像幽灵的孩子，时聚时散，捉摸不定。与此同时，小岛中央的火山发出一阵低沉的轰鸣，它是要爆发了吗？我迅速将游戏镜头对准火山口，却见它憋了许久，喷出一大团棉花糖状的蓝色火焰，这一大团在天上自然分解，形成无数个小片，徐徐飘落。

眼见着难以躲避这些蓝色天火，我迅速退出游戏，回到了现实世界中。

脱去头盔后，我才发现公司高层都围在我的身边，就连年过七旬的老总都来了。显然，这个投资上亿元的项目牵动着所有人的心。我调出了游戏视频，然后通过另一台计算机访问了服务器，心无旁骛地检查起游戏代码的运算过程。

没有人打扰我，在技术的高墙前，那些手握重金的大佬自觉乖乖闭嘴。等待的间隙，副总为在场的各位端来手磨咖啡，独独没有我和礼拜二的份，或许他认为我们俩是这场麻烦的始作俑者。半小时后，我转过身，用表情告诉大家问题有多么棘手。

会议室里，我清了清嗓子：游戏的源代码既像是DNA，也像是造血干细胞。一方面，玩家的操作都在源代码的设定下进行；另一方面，游戏程序的开发和改写也由源代码衍生而来。如果源代码出现了异变，游戏就像是患上了白血病，会产生许多畸变的细胞。刚才大家都看了游戏视频，《孤岛求生》游戏中本来是没有蓝色火焰的设定，也就是说，它是一个全新的事物，需要对源代码进行改写。因此，我进入服务器，想检查源代码是否被人为修正，但是……我顿了顿，片刻的沉默会更加突出我接下来所说话语的分量。

副总有些按捺不住：但是什么，是不是服务器被黑客攻击了？

我摇摇头：但是，源代码丢了，我找不到了。

现场陷入一片死寂，每一副皱着的眉头都显示他们在思考

"找不到"这三个字的意义。

源代码消失了。我重复道。

老总质疑道：可是游戏还在运行。

我的意思不是说源代码被删除了，而是它的字符串发生了变化，让我无法识别。

老总接着问：也就是说，源代码被藏起来了？

可以这么理解。

是什么原因造成这样的局面，会不会是遭到了外部的恶意入侵？

不能排除这种可能，但我对公司的安全防护是有信心的，因此，我顿了顿，瞥了礼拜二一眼：我更关注接入大脑神经网络的操作会对游戏带来怎样不确定性的变化。

老总转向礼拜二：你能解释发生了什么问题吗？

礼拜二摇摇头：我需要时间对游戏头盔进行检测，看是否存在没有被监测而进入游戏的脑神经信号。

老总唔了一声，和公司的高层和行政人员开始了讨论，我则退回到第二排的角落，看着坐在对面的礼拜二，不出声地说了"对不起"三个字。礼拜二微微一笑，对我并没有怪罪的意思。

随后，我闭上了嘴，如果可能，我还想闭上眼睛。我明白，此时是评估和决策环节，需要调动更多的社会性经验，我们这种没有复杂思维的"程序猿"只能靠边站。

对此，我表示无话可说。

经过讨论，高层做出决定，由副总带领内测的七名成员成立一个救火队，负责对游戏 bug 进行修复。为了减轻服务器负担，也为了防止蓝色火焰蔓延扩散，修复工作只在凌晨零点到早上六点进行。

大佬们离开后，礼拜二低声说：像是挽大厦之将倾。

我回道：戴罪之身而已。

礼拜二吐了吐舌头：你的眼泡肿得可以养鱼了。

好久没有睡个囫囵觉了。

现在是凌晨 2 点 40，我送你回家吧，还能补个觉。

我笑了笑：你是想美女反串英雄吗？

礼拜二有些骄傲：明天早饭我来做，我刚学会烙鸡蛋饼。

我压低声音：他呢？

预告台风可能会登陆，他在单位二十四小时备勤。

7

凌晨 3 点的城市，不由得你压低呼吸，生怕夜的兽会突然醒来，嗅到你之为人的气息。我和礼拜二悄悄爬上楼，悄悄打开门,悄悄拥抱在一起,用吻抚平内心的褶皱。角落里,边牧虚搭着眼皮,没有任何欢迎或拒绝的表示。

此刻我已经疲乏到了极点,连衣服都没脱,便一头扎在了床上。窸窸窣窣整理一阵后,礼拜二换上妻留下的珊瑚绒睡衣,钻进了我的怀里。

我们相拥着,像两只寒蝉,小心翼翼控制着呼吸,试图制造出某种虚妄的梦乡。但打心底我们都清楚,没有人是睡着的。

就这样,假寐了半小时,礼拜二轻轻地从我的怀中挣脱,转过身,背对着我呢喃:这间屋子好黑。

你害怕吗?

不,就是什么也看不见。

你会习惯的。

礼拜二沉默了会儿说:那块表还是荧光的呢。

什么?

礼拜二转回身,举起了我的右臂,海鸥手表的荧光表针在黑暗中飞舞,像《星球大战》天行者手中的激光剑。

礼拜二问我:1990年,发生了什么?

我明白她问的是表上定格的年份,犹豫片刻,我告诉他:那一年,绿宝石矿发生了瓦斯爆炸,死了十九个人;那一年,这块表的主人被人杀死,塞进了一个通风管道;那一年,我出生，来到了这个世界。

好在也不全是糟糕的事情。

黑暗中，我无声苦笑。

这块表的主人是谁呢？

很可能是我的父亲。

到底发生了什么，快点告诉我。

我暗暗叫苦，但又明白礼拜二那种追着不放的劲儿，便将这几天和警察打交道的经过全部告诉了她。只有一处我做了隐瞒，那便是发现父亲尸体的宾馆名称。对于这一点，我答应过要保守秘密。

礼拜二很快划出了重点：你的母亲是关键。

可是她已经疯了。

一点都回忆不起过去了吗？

应该是，另外，她也不再说话了。

医院的诊断是什么，是阿尔茨海默病吗？

我摇摇头：根本没有任何诊断结果，CT也显示大脑没有任何退化的迹象。

或许是某种心理原因。

我沉默片刻，说：母亲是在我结婚后第二天发疯的，之前没有任何征兆。

你的理解是？

或许在母亲的心中，她觉得自己的任务完成了。

她没想过以后给你照看孩子？

我笑了：谢天谢地，我没孩子。

你好像很畏惧你的母亲？

我只是觉得她有些难以亲近，小时候和她在一起时，我总想逃跑。

为什么？

我叹口气：好像所有的坏消息都是从她那里来的，她就像是刑事法院的法官。

可是你逃不走，毕竟她是你的母亲。

我再次苦笑，并感到无话可说。

沉默半晌，礼拜二问我：我看到你的包里有一个圆形铁盒，那是干吗的？

我捏了捏礼拜二的鼻子：女人的直觉都这么灵吗？

礼拜二笑了。

我告诉礼拜二，那个铁盒子是警察送我的，里面是我母亲的照片。

礼拜二一骨碌翻身下床，摸索到窗台，将三层厚的窗帘拉开。满天的星斗正在西沉，渐渐消失在路灯交织出的霓虹中。

我揉着太阳穴,来到客厅,将公文包里的饼干盒取出,放在餐桌上。礼拜二开灯,盘腿坐在了我身边,眼睛放着等待彩票开奖时的光芒。那条边牧竟也从窝里爬了出来,倚在餐桌腿边,翕动着鼻翼。

我盯着饼干盒,就像无辜的穿山甲盯着横在丛林小路上的陷阱,没有其他的路可以绕过去,只得自投罗网,或许可以凭着皮糙肉厚保一条小命。没错,这个饼干盒就是153给我布的陷阱,或许他以为自己是什么狗屁的心灵捕手,先把我推下漆黑的矿洞,然后披着发光的超人斗篷把我从里面打捞出来,可我不是穿山甲,稍微一点痛我都会尖叫。

最终,还是礼拜二旋开了盒盖。盒里一共有三张照片,第一张是母亲的单人照,是在自由村那个小院里拍的,小巧的她套着红色的毛衣,侧着头,梳理一头不服管教的卷发。光线穿过卷发,照亮了她隐藏在垂发后的清冷眸子,像在窥伺拍照的摄影师,也窥伺每一个捧起相片的人。

你的母亲很美。礼拜二由衷地赞美。

我替她谢谢你。

放下单人照,我拿起第二张双人合照。这显然是在照相馆拍的,在大红色的"囍"字幕前,端坐着穿着白色婚纱的母亲,虽然花样繁复的束胸几乎要将她窒息,她还像挤乳沟一般挤出一个坚毅的笑。母亲的身边站着一个套着灰色西装的男人，左边袖管空着。无疑，他便是母亲的丈夫，也就是我的父亲。按下快门的那一刻，父亲似乎已经笑了许久，面部肌肉僵硬得有些走形。

我问礼拜二：你怎么看？

你母亲的气场更强大。

我点点头，翻出第三张照片。这是一张出游照，背景大概是一处公园的假山，共有三男一女，全在二十岁上下。母亲站在前排左一，依旧是女王范儿；她的身边是我的断臂父亲。后排左一站着的是一个国字脸，凑近去看，可以看到下颚有一道很深的刀疤；后排右一站着的男人梳着中分发型，发型下是一张清秀俊朗的脸。礼拜二指着这个中分男说：他没有看镜头。

的确，他的眼神乜向了左下方，顺着他的视线，母亲低下了头，镜头没有捕捉到她的正脸。

我猜测道：也许是另一个爱慕者，这没什么奇怪的。

礼拜二努努嘴：你们母子是不是习惯了别人的仰慕？

那是我母亲，我还是很低调的。说着，我拿起饼干盒里的最后一张纸，这是一张出生证，上面记录了三个名字，我的母亲，我的断臂父亲，还有我的名字。

礼拜二接过出生证，凑到眼前，然后说：上面是矿工二院的章，就在我家不远，一座小医院。说着，礼拜二又把结婚照翻出来，指着右下角几个褪色的烫金小字念道：春风照相馆，1990年3月3日。

我有些不确定地说：市中心有一家春风婚纱摄影城，不知道是不是同一家。

有这个可能。礼拜二问我，天快亮了，还打算再睡会儿吗？

我摇摇头：反正我也睡不着。

礼拜二又试探道：白天干些什么？

我反问道：你有什么好的建议？

礼拜二从椅子上跳起来：不如我们先去春风照相馆，再去矿工二院怎么样？

犹豫一下，我没有直接答复她：我得先把狗溜了。

边牧汪了一声，转身跑回窝边，把它的狗绳衔了过来。

8

因是工作日，春风婚纱摄影城一楼大厅没有顾客，除了一位正在擦拭水晶相框的保洁大姐，就剩下窝在沙发上看书的女老板。她看的是《漫长的告别》。

我走上前去道：马洛探长。

什么？女老板放下书，旋即笑了，对，私家侦探。

女老板问我和礼拜二有什么需要。礼拜二把母亲的结婚照递给了她。

女老板接过照片，细细打量后断定：虽然有年头了，但确是在我们家拍的。

能找到拍照的摄影师吗？

当然。女老板似乎有些兴奋，你们随我上二楼。

二楼是婚纱礼服库房，库房边上有一个长条形房间，里面一字码放了数十台电脑，每台电脑前都有一个修图的年轻人。从皱着的眉头可以看出P图有多么辛苦。

女老板从最里面领出一个穿背带裤、抹发胶的老头儿，向我们介绍道：这是我公公，也是咱们摄影城的头号摄影师，到欧洲进修过，主打工业和复古风。

老头儿问：你们想了解什么？

我答道：照片上是我的父母，我的父亲失踪了，我的母亲疯了，我想知道当年都发生了什么。

这样啊。老头儿端着照片看了许久道，这两个人我有impression（印象），不只是对断臂的男人，更对那个穿婚纱的女人印象深刻。来，咱们找地方坐下，我来好好memorize（回想）一下。

一杯茶后，老头儿讲述了他的回忆：那时候还叫春风照相馆，在城南，我既是老板，也是员工。照相馆距离绿宝石矿不远，离城南婚姻登记处也很近。自然而然，我接下了为新人拍照的生意。那时候还没有婚纱照的概念，来拍照的新人穿得都很朴素大方，因此当你母亲套上自带的白色婚纱后，我也是一惊。对了，除了结婚照，你母亲还拍了几张单人照，也就是现在的艺术照。这在当时也极为少见。一周后，你母亲独自来取照片。为了招揽顾客，我把结婚照多冲印了一张，贴在了照相馆窗户上。可以说，是你母亲给了我启发，才让我较早地走上婚纱摄影的路子，所以，我对她的印象还是很深的。

我的父亲呢，你对他有什么印象？

老头儿想了想说：你父亲好像没有什么准备，看到你母亲穿婚纱时，也很发蒙。

礼拜二问道：往后呢，你们没再见过面？

没有，不过派出所的警察倒是来过一趟，也是拿这张照片问我两人之间的关系。多傻的问题啊，既然来拍结婚照，当然是两口子了。

警察是什么时候来的？

老头被问住了，许久都没有说话。

我提醒道：那年发生了一起矿难。

对，就是在绿宝石矿难后来的，警察说这牵涉到赔偿款的问题。

短暂的沉默后,女老板突然问:发生了什么?

看到她眼神中的好奇神色,一时间我不知该如何搪塞。礼拜二打了圆场:他只是想找一些线索,帮助失忆的母亲恢复记忆。

哦,原来如此啊。

我站起身,向两位表示了感谢,便随礼拜二步行来到附近的矿工二院。

矿工二院骨科最为出名,早年城南煤矿林立时,井下几乎每天都有磕碰损伤,自然也为骨科医生积累了大量临床经验。若不是骨科盈利能力出众,这家二乙医院早就随那拨煤矿倒闭潮关门了。

穿过门诊部,我们来到后院的医务科。科长正在织毛衣,东一钩西一针的,就像在病人的病历上鬼画符。我把出生证递了过去,说明了来意。科长放下毛衣,笑道:你还真问对了人,当年我就是妇产科的医生。说着,科长检查了出生证,哈哈笑道:你就是我接产的,上面还是我写的字。

礼拜二扑哧笑了出来。

我红着脸,指着出生证问:父亲的名字是谁告诉你的?

是你母亲说的，对的，在你出生前，你父亲就遇难了，派出所还来调查过。

调查什么呢？

当然调查赔偿款了，这张出生证可以帮你母亲领回十万元啊！在当年，那可是一大笔钱啊。科长顿了顿道，因此在替你母亲办出生证时，我也很谨慎，毕竟她也没有拿出结婚证一类可以证明的材料。

那她拿的是什么证明呢？

她拿了一张结婚照，说是还没来得及打证。

我掏出结婚照：是这张吗？

是的，就是这张。

我在心中暗忖：这算是一个小小的证据链条吧。

科长问我，怎么了，发生了什么事情吗？

礼拜二看我不吱声，便又把在摄影店搪塞的理由说了一遍。

哦。科长低下头，又给鬼画符钩了几针，然后抬起头，你可知道，你母亲本来是不打算要这个孩子的。

我一惊，这个孩子，说的是我吗？

她第一次来医院，就是我给她做的检查，发现她已经有了两个月的身孕。她年龄还小，挺害怕的，我当时猜是未婚先孕。

过了几天，你母亲又来医院，提出要打胎，我说光她来不行，必须得把孩子的父亲找来，接着她就又回去了。第三次来的时候，她已经挺起了大肚子。

礼拜二问：提打胎的时候，矿难发生了没有？

科长瞥了礼拜二一眼，有些不满，但还是笃定地回答：提出打胎的时候还没发生矿难，再来生产时，矿难已经过去了几个月。

从医院出来，已是下午3点，空空的肚子里一半是烈火燎原的饥饿，一半是寒冰彻骨的郁闷。没承想，当年在娘胎里，我还经历过一次未遂的谋杀。

试想母亲如果真下了狠心，终止妊娠，少了我的世界会不会因此有所不同，我又会不会以另一副面孔，甚至是另一种物质形态出现在这个星球。再假使，母亲如果堕胎后再婚再孕，那么再生下来的孩子，会不会和现在的我存在某种联系，或者，他就是我的某种变体和延续？

礼拜二从路边摊买来鸡蛋饼，递到我的手上充当午饭。有了食物下肚，我将各种假设抛在一边，把思绪拉进了历史。从我记事起，我还真有过几次生死转瞬的时刻，包括一次和拉煤火车的擦身而过，一次没有对症治疗的高烧发热，还有一次几乎溺亡的经历。那次溺亡体验多次闯入我的梦境，让我既想从梦里逃离，又想改变梦境，将我和瘦猴从黑色的湖水里救起。

礼拜二将食物袋扔进垃圾桶，吮了食指和大拇指，对我说：你母亲是出于爱才把你生出来。

什么意思？

你想啊，你母亲怀你的时候，还没有打结婚证，所以是未婚先孕，想把你给打掉也在常理之中。可是你母亲爱你的父亲，所以她也产生了犹豫。后来发生了矿难，你母亲认为得把爱的结晶延续下去，才把你生了下来，算是给你父亲留个后人。

我哼笑一声，提出了另一种可能：或许本来母亲要把我给打掉，但矿难发生了，作为家属的她，可以凭着我和我的那张出生证，领取十万元的赔偿款。

礼拜二说：的确有这个可能，但即便出于不同动机，却产生了同样的结果。

这些只是猜测，缺少证据。其实我根本不了解我的母亲，更不知道我的父亲。我顿了顿，接着说：要想弄清楚是哪种动机，还需要解答几个疑团，比如父亲为什么要在矿难后逃跑，母亲是否知道父亲幸存；假使知道，他们之后是否还有联系，父亲有没有偷跑回来看他遗弃的儿子……我的鼻子开始发酸，话也说不下去。

礼拜二掏出一张纸巾，我以为她要替我擦眼泪，她却说：嘴角有一粒芝麻。

随后，她指着我右腕上的手表问：什么时候送去修？

我不知道。

戴在手上有什么意义吗，是不是意味着你被时间的谜团卡住了？

我摇摇头：你别突然这么文艺范儿。思忖片刻，我又承认，的确想找点意义，不过至今我还没找到。

是找一个解释吧。

管他意义还是解释呢。我打了个哈欠，现在就想找个地方眯一会儿。

能睡着吗？

或许吧。

正巧路过一个街心公园，我和礼拜二各在长廊里找个石墩靠住，闭上眼睛。我把饼干盒挡在面部，一个暗红色的影子随即投射在合上的眼皮内侧，像一个柔软到不可名状的圆，除了发光的镶边，中间是光线难以穿透的黑暗。我转动着眼珠，追逐着这暗影，就像追逐一艘渐渐远去的忒休斯帆船，意识也一点点被它带走。

直到礼拜二把我晃醒，我才意识到天色已暗。

睡着了？

我想了想，确信道：睡着了。

精神状态还行？

还行。

那就好，晚上会是一场恶战。

断线几秒，我才想起《孤岛求生》的内测修复。我抬起右手腕，假装看表上的指针：时间还够我们吃顿晚饭，再补个觉，你晚上给我做什么好吃的呢？

礼拜二给我下了碗阳春面，却给边牧煮了鸭腿萝卜饭。边牧绕着饭盆转了几圈，像是打量一只南美雨林的青蛙，嘴角两道长长的哈喇子有如军人胸前的绶带。

礼拜二问：它为什么不吃？

我回答：它怕饭里有毒。

净瞎扯。

为了证明所言不虚，我舀了一勺狗盆里的米饭送进嘴里，看到我无恙后，边牧才垂下狐疑的脑袋，哼哧哼哧地吃了起来。

与此同时，礼拜二吼道：快，快点刷牙去！

边境牧羊犬，其核心就是一个牧字。在我看来，它就是上帝派来"牧"我的。那是我刚和妻分居，搬进这个房子后的第二天晚上。夜班回家,刚进小区,这只边牧便跟在了我的身后,黑白对半的毛色,活脱脱像是黑白无常。我加快步子,它也加快步子,我停下不动,它也停下不动,歪着个脑袋,像是在可怜我,又像是在嘲弄我。

两相僵持中,一些往事从回忆中释放出来,想必眼神也有了某些变化。我喊了声傻狗,它便跟着我进入楼栋,上了电梯,最后到了出租屋里。

边牧身上没有任何可供辨识的狗绳和名牌,之后几天,我只能带它在小区溜达,希望能遇到焦急的主人。主人没遇到,倒是结识了几个同样遛狗的小姐姐,还被她们拉到了一个小区宠物群里。后来,我索性不牵绳,任由它自己溜达,暗暗期望它能主动离去。此时,它的"牧"性便体现出来了,不管我走哪儿,它都会跟着,准确地说,是它在驱赶着我。有一次在过一个没有栏杆的木板桥时,它竟咬住了我的裤脚,怕我寻了短见。对此,我无话可说。

饭饱肚子后,睡意再次袭来。距离午夜尚有一段时间,我倒头在床上,礼拜二躺在我的身边,瞪大了眼睛看着我。我知道她有所期待,但我实在是太困了,我想睡觉!意识消失前,礼拜二对我说:我刚向公安局档案馆申请查阅矿难的资料,以你的名义。

尽管只睡了三个小时,却是我近一段时间睡得最沉的一次。虽然不愿承认,但153诱使我参与调查这件事儿,还真给我漂浮的心压了几块石头,让我不至于那么干吊着。

9

第十四次内测

时间：2020年6月22日0时0分

地点："育儿袋"实验室

参与人员：副总、白金大神、安全狮、翻译官、Travis、老鸟、锅盖头、无话可说

凌晨零点,《孤岛求生》服务器重启；三分钟后,八名救火队成员进入游戏场景,重生点选择在不大可能被蓝色火焰烧到的冷却塔顶。因为预感会看到一座蓝色炼狱,熊熊火焰燃遍整座岛屿,为此,锅盖头（礼拜二）提前关闭了头盔的痛觉传感通道,这会让我们死得舒服些。

但虚拟的小岛并没那么糟糕,蓝色火焰没有增多,反倒全部静止不动,成了一朵朵剔透晶莹的蓝色妖姬。在检查这些妖

姬的代码后，我发现它们也被赋予了生命值。换句话说，它们也成了某种游戏玩家。

副总问：是不是把它们猎杀完毕，咱们的任务就算是完成了？

我答道：我得弄清楚它们到底是怎么出现的。

副总说：技术的事情我不懂，帮你们开开杀戒还是可以的。

说着，副总跳下冷却塔，对那些蓝色妖姬火力全开，花瓣碎落一地，然后消失于无形。

白金大神鄙夷道：谁给他配了这么多武器，整得像是暴发户一样。

我举起手：是我。

翻译官呵呵笑道：没想到"程序猿"也会拍马屁。

我发了一个捂脸的表情，然后回复道：谁让他是副总呢。

礼拜二此时又来为我打圆场：副总可是克扣了他一大笔游戏分红，所以他必须得装孙子。

白金大神也补刀道：前几天我还看他帮着副总扫描全套《齐天大圣》小人书来着，马屁都拍到下一代了。

我群发了一个流泪的表情，转而询问安全师和 Travis 服务器情况，获知各项数据平稳后，我问一直没说话的双料冠军老鸟：怎么不下去玩两把？

老鸟叹口气：胜之不武，没劲儿。

你能帮我个忙呗？

什么忙？

我指着上蹿下跳的副总说：看着他点，把他带得越远越好。

我先让他消失两分钟吧，说着，一声枪响，在没开瞄准镜的情况下，老鸟远距离爆了副总的脑袋。

半小时内，各位工程师相继上传了各自负责模块的检测报告，不管是硬件设备，还是信号编译，又或是游戏剧本，以及防火墙，都没有发现任何异常情况。这么一来，问题就出在我这里。但我并没有沮丧，修改代码总比重建系统的工作量要小许多。

我沉下心来，继续寻找源代码消失的踪迹。与此同时，Travis 发来预警，芯片运算量突然大幅增加，像是有某个大型事件正在发生。与此同时，老鸟发来一个地图坐标，要我们立即赶过去。

我修改了重生坐标点，两分钟后，大家在一片秘境花园前会合。说是秘境，因为穷尽我的想象，我都无法承认现实世界会有如此巨型且绚丽的花朵。花朵之上，还有大批褐色鸟群正在盘旋。这也是我从未见过的飞禽，它们更像是某种缩小版的翼龙，欢快的嘶鸣声响彻天际。

我向白金大神发了一个问号。

白金大神回复称：花儿、鸟儿都不在游戏剧本的设定中。

我说：看来源代码又在作怪了。

翻译官说：不，它是在重建这座小岛。

作怪的不仅是源代码，一声枪响，天空的宁静被划破，一只飞鸟坠落地面，消散无形。副总高举着枪，像是炫耀自己的枪法。老鸟又是抬手一枪，把副总暂时清除出了游戏。

在接下来的两分钟内，我开始认真研究花园和飞鸟所对应的游戏代码，不觉间，耳边传来副总的吼声：谁在我背后放冷枪！接着，他话音一转，弟兄们，你们真该看看我脚下的世界。

原来副总的重生点还在冷却塔上。从他传输回来的画面，我们可以看到：一座冰山突然跃出海面，缓缓地向小岛进发，吞噬掉遍布怪石嶙峋的海岬。与此同时，一道Y形闪电倒劈下来，点燃眼前这片秘境花园，快速飞升的木屑碎片引燃了更多的土地。

目瞪口呆间，监视芯片的Travis喊道：服务器就要过载了，必须快速退出游戏。

副总随即闪退，其他几位队友也先后断开了连接，我则一直坚持检查那些变异的代码，身边只有礼拜二和老鸟陪着我。突然间，我在代码中看到一段重复数遍的英文单词Monkey

King，翻译过来就是孙悟空。

我一怔，转身看到一只孙猴子正在晶莹剔透的冰山顶上抓耳挠腮。下一秒，眼前一黑，Travis 将我强制下了线。

10

东方既白，上亿人从睡梦中醒来，迎接属于他们的早晨。

离开"育儿袋"前，礼拜二向我投来探寻的目光，我虚弱地揉了揉太阳穴，暗示要补个觉。礼拜二张了张口，无声地祝福我早安。

待救火队成员全部离开后，我才开车去往市公安局，今天是 153 向我宣布 DNA 鉴定结果的日子。

153 正在门外的花坛边抽烟，从他鸡窝疯的发型判断，他昨晚休息得并不好。

我耐心地等他开口说话。

猛抽两口后，153 在大理石石柱上摁灭了烟头，说道：他不是你父亲。

什么？

那个断臂男人不是你的父亲，鉴定结果就在办公室桌上。说完，如溃兵脱离战场般，153 转身要往里走。

我一把拉住他的胳膊,脑袋还没厘清楚:那他是谁?

他就是身份证上的那个人。

我有些被绕糊涂了:可身份证上的人就是我的父亲啊。

但他和你没有血缘关系。

看我还在发蒙,153跺了跺脚:也就是说,户口关系弄错了,出生证也错了,一切从根上就错了,DNA鉴定报告上面写得清清楚楚,那个男人不是你的亲生父亲,你也不是那个男人的种!

我说不出话来了,一些东西正在我的体内分崩离析,一变再变,就像那艘忒休斯帆船一样,变得模棱两可,变得无法辨识。

153拍了拍我的胳膊肘:做了两轮比对,得出的结果都是一样的,科学技术是不会弄错的。

我猛然攥住153的手,像是攥住帆船快速下降的锚绳,傻傻地问:那我和我妈呢?那是我亲妈吗?

妈是亲妈,也有鉴定报告为证。

我垂下头,盯着海鸥牌手表的表盘,轻声问:我能看看他吗?

153一愣,但聪明的他很快意识到,这正是发挥自己心灵捕手作用的时刻。果然,153背过身,连打了两个电话,经过一番沟通协调后对我说:我们一道去殡仪馆。

殡仪馆不只有追悼厅和火化炉，也不只有办公楼和枯杨柳，还有一间市公安局专门设置的法医解剖室，正好就在陈尸房的隔壁，靠得近，工作也方便，不需要把尸体挪来挪去。以上这些都是年轻的362在路上告诉我的，我哦了一声，表示无话可说。

362又说：解剖室每天都有两名法医值班，负责全市所有非正常死亡案件的尸检工作，对了，你知道全市每天有多少起非正常死亡案件吗？

什么叫非正常死亡？

就是死因不明、存在被杀可能的，有的是医院急诊室上报来的，也有群众拨打110报警的。

哦，明白了，那么，每天有多少呢？

一脚刹车，362说：殡仪馆到了，里面人多车多，你们先下车，我把车停在外面的停车场。

362停车的时候，153冲我笑笑：入警刚两年，年轻气盛。

我耸耸肩：明白，对于死亡的本能兴奋。

一阵草灰落下，153打了个喷嚏：没听说过。

法医和153是老相识，简单寒暄后，由他领着我们三人进入陈尸房，穿过长长的走廊，一直向里走。一路上，362对我嘀咕：外面的都是很快就被火化的，里面的时间可就久了。

我附和道：为什么？

很多都是搞不清身份的，也没人来认领，只得暂时存在这里，时间久的，都有十几年了。

行到走廊中段，法医停下步子，打开右手边的一个柜子，从里面抽出一张铁床。那个被我一直认作父亲的断臂男人正光溜溜地躺在床上，看起来像是一条被冻得硬邦邦的带鱼，暴突眼珠、龇牙咧嘴。恐惧之后，我有了片刻的难过。

我褪下那块海鸥手表，将它轻轻戴回了断臂男人的右手腕上，然后行注目礼。表盘发出微弱的荧光，表针始终没有动一下。然后，我转身离去。

身后，153对法医解释：本来是他来认领尸体，但DNA报告证明……所以，他是无主……只能……

153的声音压得很低，听不真切，但我猜测，正如362刚才所说，没人认领的断臂男人暂时是不会被火化了。

回到殡仪馆外那棵枯柳树下后，153说：还有个事情没有告诉你。

我反问：好消息还是坏消息？

153尴尬地笑笑：技术民警在断臂男的指甲缝里发现了微量的刮擦血迹，经初步检测，血型和死者并不相符，DNA样本已经送交实验室做进一步检测了。

这意味着什么？

血迹很可能是死者在反抗时，抓破凶手留下的。

我嘟囔道：和我有什么关系？死者又不是我的父亲。

153犹豫片刻：但死者和你母亲有关系。

是的，153打开了一个潘多拉魔盒：既然断臂男不是我的父亲，为什么母亲还要把他认作是自己的丈夫，认作是孩子的父亲，果真是为了那笔抚恤金吗？

153又在问：你把铁盒里的照片拿给你母亲看了吗？

这句话触及了我的防火墙，我立即愤怒地回击道：你什么意思？把我卷入一团乱麻还不够，还非得把我发了疯的母亲拖进来才甘心吗？！别以为我不知道，你这样做全是为了你自己。你快退休了，想通过破这起三十年前的命案，甚至找到当年矿难真正的原因，来为自己的职业生涯画一个圆满的句号，是不是？

153一怔，舒了一口气道：说句俗套的，每个警察都有一起没有破的案子让他难以忘怀。可没破的案件又何止一起呢，年复一年，不过成了报表上的数据罢了。但矿难的案子非同小可，当年的关键人物又再度浮出水面，不管是哪个警察，都会紧紧地抓住这条线索查下去。

我梗着脖子：可谁在乎呢？那些媒体的社会版在乎吗？那个被革了职的副市长在乎吗？那些领到赔偿款的矿难家属在乎

吗？我在乎吗？

153沉默片刻，目光里第一次出现了锐气：如果你不在乎，那你就会忘了绿宝石煤矿，忘了瘦猴，忘了沉陷区的那片湖泊。

我想反抗，却脚跟不稳，体内还没分崩离析的区域开始大面积垮塌。

153还在说：如果你愿意，我可以陪你回一趟绿宝石煤矿，那片地已经被开发商买下了，矿井马上就要被填平，大楼很快就要竖立。

我虚弱地扶住了墙，转身蹒跚离去，153却还冲着我的背影喊道：你到市公安局档案馆调查矿难的申请，我已经打过了招呼，你直接去就是。另外，我也向上级打了报告，申请到井下现场进行实地踏勘取证……

11

第十五次内测

时间：2020年6月23日0时0分

地点："育儿袋"实验室

参与人员：副总、白金大神、安全狮、翻译官、Travis、老鸟、锅盖头、无话可说凌晨零点,服务器再次开启,三分钟后,救火队重装上阵。那座冰山已经消融不见,秘境花园也成了昨日梦影,但草场变成了森林,高山变成了裂谷,北边的天空遍布着火流星,而南边海岸则成了冰原,几头形似大象的动物鼻子挽着尾巴,不知迁徙向何方。

那是猛犸象吗?礼拜二问。

老鸟答道:微缩版的。

说话间,森林迅速降解,变成了露天煤场;裂谷不断延伸,割裂出两片陆地;一边退化成了干涸的沙漠,另一边则高耸出连绵的山峦,挡住了从海上吹来的暖湿气流。白金大神完全看傻了,想必他笔下的网络小说也无法呈现出如此的鬼斧神工。

与此同时,安全狮报告没有外来攻击和数据外溢,一切就像是实验室里的一场小型实验。另一边,Travis也报告称芯片运算速度还算平稳,服务器没有出现过载的情况。

这些让我产生一种直觉,源代码似乎已经掌握了某种平衡,开始模拟地球发展的线性进程,在小岛上演绎起了自然法则,而导演这一切并为那些新生事物赋能的,很有可能就是昨夜屹立在冰山之上的那只孙猴子。

可是,为什么是孙猴子呢?!

我伸出食指,一只七彩炫丽的蝴蝶落在了我的指尖。我轻轻握住手掌，这只蝴蝶便在我的掌心挣扎。是的，我感受到了它的挣扎，我的触觉不知何时被打开了。

继而，我松开手掌，蝴蝶振翅飞舞，我看着它入了迷。与此同时，周遭世界已经演化到了当下，高楼与大厦，运河与水库，宠物和家禽……我依然盯着那只美丽的蝴蝶，我已经无法辨别它到底是真是假，或许，这只蝴蝶也无法分清我是真是假……

Travis再次报告，芯片的运算正在加快，服务器负荷已达百分之七十。这引起了副总的担忧，他怕重蹈昨夜强制离线的覆辙，开始指挥安全狮对那些新涌现的事物进行强行删除，可是这种野蛮干预却越来越加速小岛的演化，一些超出认知的事物开始出现。地铁破土而出，长出了鱼鳃和翅膀；湖泊开始悬浮，凝结成了天空之镜；月亮依偎在大地的怀中，成了小鹿舔食的奶油棒棒糖……

删除越是加速，小岛就越是折叠收缩，像是启动了某种自我保护程序，努力维持其不会崩塌。倏地一瞬，天地变成了一个封闭的圆，其圆心是一个黑洞洞的风暴眼，无处可逃的我们都在围着风暴眼飞速做着向心运动。与此同时，越来越多建筑开始分崩离析，形成了一个稠密危险的陨石带，不断冲击着游戏中的我们。

在连声哭嚎中，我意识到，所有人的痛觉通道已被开启。副总不堪疼痛，率先断开连接，从游戏中退出；随后是老鸟、白金大神、翻译官和礼拜二；再接着是安全狮和Travis。离开前，Travis最后报告：服务器即将过载。

此时的我已被风暴眼中那一根耀眼无比的金箍棒所吸引，我知道黑影深处，孙猴子正在搅动着一切，超强风暴是它的嘲笑，天崩地裂是它的无情。可我，却好似天选之子，毫无损伤地见证世界末日。

突然，世界炸裂成一片无边无际的耀眼白色，刺得我不得不闭上眼。良久以后，我听到了鸟鸣，听到了海浪，我睁开眼，一切归零，游戏又回到了初始设定，依然是孤岛，依然是火山、海岸、沙滩、废旧水泥厂……

慢慢地，救火队员们重又返回到游戏场景中，面面相觑后，共同望向了天际。只见那个黑色的风暴眼就像一个必将兑现的诅咒，安静地悬在那儿，它的下方，正是同样沉默不语的火山口。

12

清晨六点，《爱的物语》服务器重启，我们只得暂时停下

《孤岛求生》内测,可大伙儿都不愿意离去,作为领队的副总似乎得说点儿什么。

难为了半天,副总才攥紧拳头,喊了声:加油!

没有人给副总鼓掌,除了我。因此,我的掌声听起来有些莫名其妙。或许副总觉得我在讽刺他,便转而威胁道:如果咱们不能在上市前修复 bug,那大家今年的分红就全部泡汤吧!

显然,这也包括我在《爱的物语》中的分红。对此,我无话可说。

散场后,礼拜二凑了过来:你腕上的那块手表呢?

无奈,我只得把警察调查的最新进展告诉了她。礼拜二听了也是很惊奇,她拍了拍我的脸蛋,无不怜爱地说:可怜的孩子,你到底是谁呢?

我打趣道:我就是我,是脱氧核糖核酸 A、G、C、T 最完美的组合。

狗屁,再完美的组合,也敌不过《孤岛求生》里的源代码了。

我默然以对,表示暂不想继续那个黑洞般的问题。接着,我说道:你帮我提交的阅档申请,公安局那边已经批准了。

我也要去。

我点头:那是当然。

档案馆在市公安局的地下一层，和停车场在同一层，像是阿里巴巴的藏宝阁。档案员是一个老警察，戴着墨镜，袖手坐在桌前，像是在参禅打坐。我报了自己的名字，档案员把右耳朵侧了过来，抱歉道：左耳失聪了，麻烦再说一遍。

我大着声重复了自己的名字和要调阅的档案。

档案员点头：时间久的档案都在库房里面，我现在去取。

说着，他从桌后起身，拎着一根拐杖，朝库房深处走去。此时，我才注意到，他的左手只有两根手指。

很快，黑暗将他的背影吞没，只听一声声拐杖敲击档案柜沿的回响，像是在计数经过了几排密集架，又像是在唤醒那些沉睡的卷宗。一阵阴风撩过，我蓦然想起殡仪馆的陈尸房，可不是吗，两个地方还真有点儿像。

几分钟后，档案员捧着厚厚一沓卷宗出来了。回到桌前，他让我交出手机，又给我一杆笔和一页纸，指着边上一个空桌子说：你可以在那里阅档。

一直没吭声的礼拜二踮着脚，跟在我的身后，却被档案员喊住了：申请的只有一个人，请这位女同志止步。

礼拜二转回身，好奇地伸出手掌，在档案员的墨镜前挥了挥手。

档案员说：虽然失明了，但你身上的香水味还是可以嗅到的。

礼拜二为自己的冒犯红了脸,却还是按捺不住地问:究竟发生了什么啊?

档案员反问:你想知道?

礼拜二嗯了一声。

档案员笑了:其实我的失明和绿宝石矿还真有点儿关系。矿难发生前一年,绿宝石矿和相邻的另一家矿因为采煤越界的矛盾,从争吵演变成了一系列的火并。当时我还在派出所,接到报警说是绿宝石井口的轨道上发现一个包裹,里面还缠着电线,怀疑是炸弹。遇到这种事,我也很心慌,只知道疏散矿工,却忘了关停绞车,眼见着装煤的矿车撞上那个包裹,引发了爆炸,抢救十来天后,我醒过来,但眼睛瞎了,左耳听不见了,三根手指也被炸飞了。

对于如此的悲剧,我无话可说。

礼拜二则赞美道:然后,你又重返工作岗位了!

在家待着总想去死,所以就回来了。

这下礼拜二也闭上了嘴。

档案员转向我:给我打招呼说你来阅卷的那个警察,他和我是警校同届。他很想弄清楚那场矿难的真实原因,所以这一沓卷宗,他每隔半年就会来看一遍。

我问道：你刚才提到了火并，绿宝石矿长是个怎样的人呢？

按照现在的说法，他就是一个黑老大，但在三十年前，为了争地盘而动刀动枪倒也是经常发生。

那他得有一支武装队伍。

当然，不过据说他只相信自己老家的人，手下的马仔也全是老乡。

这个矿长在遇难名单中吗？

在，有人看到他当晚下了井。

被一个断臂的男人陪着？

是的。

我沉默了，翻到了遇难矿工的户籍页，看到了矿长的照片和他的基本信息，我注意到他还有一个老婆。

档案员接话说：有些事情，纸上得来终觉浅，你们应该找活着的人聊。

我问道：你知道矿长的妻子现在在哪里吗？

在监狱里面，前年因为一起故意伤害致死案被判了无期徒刑，就在市一监服刑，判决书去年归的档。

礼拜二插话进来：能帮我调一下判决书吗？我想看一看她的信息。

档案员缓缓起身，向密集架走去，在拐杖敲击档案柜的那一刻，礼拜二飞速撕下了矿长户籍页的照片。

　　市一监远离市区，开车要两个小时。我在肯德基买了双人套餐，又在小超市买了一条中华烟，边啃着上校鸡块，边向目的地驶去。

　　为了确保没有夹带危险用品，监狱门岗将整条烟拆成了十小包，我把九包捧在怀里，转身要往里走，却被门岗拎着后衣领拉了回来。门岗指了指监控探头，一脸嘲弄地把剩下一包烟也塞进了我的怀里。

　　礼拜二哈哈大笑：没想到你还挺腐化。

　　监狱和精神病院的会见室大差不差，一样的桌子，一样的铁门，一样的灰墙，容易产生一种斗转星移、平行宇宙的错觉。

　　已是女囚的矿长妻子冲我妩媚一笑，桌上的烟，她没动弹。

　　我说想聊一聊矿难的事情。

　　女囚哦了一声，语气失望且倦怠。我猜她或许以为我俩是处理申诉的律师——在提监等待的空当，女管教告诉我们，女囚认为无期判得太重了，服刑这两年她一直在上诉。

　　像战士装弹夹一般，女囚迅速把那些烟塞进口袋，然后反问：矿难有什么好谈的？

我把母亲和断臂男人的结婚照推给了她：女人是我的母亲，男人是她的丈夫，男人在矿上挖煤，女人住在边上的自由村，你认识他们吗？

女囚瞥了一眼说：女人长得挺周正。

你认识？

女囚摇摇头：不认识，他们俩我都不认识。

确定？

矿上的事情我不参与，他也不让我参与。

你是说矿长吗，为什么不让你参与，怎么说你也是老板娘。

女囚哼了一声：他只信任他的那些同乡。再说了，那些年为了抢资源，他带着老家的小弟兄们打打杀杀，我可不想被卷进去。

对于矿难，你都知道些什么？

我只知道茶馆的麻将桌一晃，东风倒了三张，废了我一手要胡的好牌，再往后，我的手气就一直臭了下去。

然后呢？

没有后来了，我的好日子到头了。

你是什么时候知道那是瓦斯爆炸的？

晚上回家后，发现屋里一片狼藉，正收拾着，警察就来了，是他们告诉我发生了爆炸。

一片狼藉？

或许是那些遇难矿工家属把我家砸了吧，又或许是有人趁乱抢劫，谁知道呢？

家里少了什么东西没有？

家里值钱的就是电视沙发席梦思，还有一些金银首饰，钞票是一分钱都没有的。

都存银行了？

女囚神秘地一笑：都在他的保险箱里。

保险箱在哪里？

他把保险箱藏到了井下的配电房，不过到头来，都跟着他和那些死难矿工一起陪葬了。说着，女囚仰头哈哈大笑起来，这笑声像是发动机爆缸前汽车发出的连声顿挫。突然，这笑声变成了一声悠长的叹息：好日子啊，终究会到头的。说着，她又捏起照片，兀自看了会儿：你长得不像这男的，但眉眼里，你和你妈倒是挺像，都有股子狠劲。女囚顿了顿，接着说：女人长得这么好看，还住在自由村，矿长肯定会看得上。

我一怔，追问道：怎么说？

这位矿长啊，一是狠，二是色，两个加在一起，就没有他搞不定的女人。

礼拜二唐突地问道：他是怎么搞定你的呢？

女囚鄙夷道：你怎么不问我是怎么搞定他的呢？不过我只赢了上半场，到了下半场，他已经转移战场，寻找新的目标去了。

礼拜二指着照片中的母亲，大胆问道：她会是你丈夫的目标吗？

女囚反问：你先回答我，照片中两个人现在如何？

礼拜二说：女人疯了，男人死了。

女囚露出了满意的笑：和矿上的事情一样，女人的事情我管不了，他也不让我管。接着，女囚向我挑衅，难不成你是矿长的儿子？

看我不说话，女囚又补了一刀：不是没有这种可能哦。

想必此时，女囚已经捕捉到我眼中的狠毒，事实上，我也是在一瞬间才感知到那种久违的狩猎感。我反驳道：难道弄清心脏那一刀是谁捅的这么重要？

女囚一愣，明白我在说她的案子。两年前，三个按摩小姐合谋捅死了一名客人。这件案子是153办的，在来监狱的路上，他把审讯的情况告诉了我。女囚微笑着，靠在椅背上，摆出一副洗耳恭听的姿势。

你们三人只是想教训一下那个传播性病的嫖客，拿刀是去吓唬，没人说真要捅死他。但嫖客反击了，刀子像烫手的山芋，在你们三人的手里传递着，有人捅了胳膊，有人捅了屁股，但没有人承认捅了心脏。事实结果是，在命运的指引下，那把刀巧妙地避过坚硬的肋骨，扎进了嫖客的左心室，拔出来时，鲜血喷了你们一脸。

女囚换了个坐姿，让自己靠得更舒服些。

天黑雾大，没有监控，也没有旁证，你们都推说是别人捅的那致命一刀，因为只有这样，自己才有可能被轻判，比如十五年或是二十年，而那个真正造成致命伤的会被判处无期甚至是死刑。但刀上有你们三人的指纹，你们三人脸上也都有死者的鲜血。警察、检察官和法官都无法查清到底谁是真正的凶手，于是到了最后，每个人都落得一个无期徒刑的下场。这当然不是真相，真相是，只有一个人可以造成致命伤。但你听过一种俏皮的说法吗——不要你觉得，我要我觉得。在法官那里，这便是他觉得可以兑现正义的真相。

女囚赞许地点头：当然，这是那个女法官认为的真相，一种符合司法实践，而且可以交代过去的真相。对了，这句话就是那个女法官对我说的，一点毛病都没有。

我总结道：所以你任何推动重审的努力都是徒劳的。

女囚乜了我一眼，笑道：当然是徒劳的。

两相沉默间，礼拜二忍不住问：那你为什么还不断写申诉信？

女囚朝管教招了招手，站起身说：在无期的徒刑中，我总得给自己找点乐子是不？

管教给女囚重新戴上手铐，临走时，女囚冲我丢下一句话：矿难当晚家里被打砸的事情，警方认为是趁乱打劫，这点我同意，但我认为不是遇难矿工家属干的，我想有人在浑水摸鱼。走到门前，女囚又笑着补充道：这是我觉得，不是你觉得，也不是她觉得，你大可不必当真。

13

晚餐是葡式蛋挞，是礼拜二用我刚买来的烤箱烘焙的，一共做了六个，我、礼拜二和边牧各吃两个。边牧护食，把蛋挞先叼回窝里，边吃还边龇着獠牙。

肚子没填饱，家里也没有余粮，我便提议到小区的小食店再吃点，礼拜二欣然同意。刚拿起钥匙，边牧便叼着狗绳跑到了门边。

我把狗绳拴好，有些得意道：再噼瑟，见了狗绳不还是得摇尾乞怜？

礼拜二呵呵一笑：人类把绳子看作是枷锁，它却把绳子看成了自由。

出了门，进入电梯间，我说：我觉得对它来说，绳子不是自由，而是一种交易。

巴甫洛夫的条件反射定律。

我点头：你是脑科学家，这个你在行。

小食店内，礼拜二点了一份鱼丸汤，我要了一份大排面。她喝汤，我吃面，鱼丸和排骨留给边牧。吃了一阵，礼拜二说：我还是忍不住想问，为什么你的母亲会在出生证的父亲那一栏填上那个男人的名字？

我知道礼拜二有她的想法，便保持了沉默。

礼拜二接着说：从结婚照上的日期看，你母亲在那时已经有了身孕，她却选择和那个断臂的男人拍了结婚照，这又是为什么呢？

我反问道：这是为什么呢？

礼拜二想了想说：我想她在试图遮掩什么。

利用那个断臂男人？

是的。

我放下筷子道：你还是一次性把话说完吧。

礼拜二想了想，说出了第二版故事：你的母亲发现自己怀孕了,本想第一时间打掉,却发现操作起来很难,必须要亲生父亲到场。但出于某种原因,你的生父无法去医院。因此,为了保护那个不能说的秘密,你的母亲才临时找了这个断臂男人当挡箭牌,拍了结婚照。后来,一场矿难夺去了包括断臂男人在内许多人的生命。你的母亲本可以利用这个机会堕胎,让那个不能说的秘密永远成为秘密。但出于爱或是为领取矿难赔偿款的动机,你母亲最后还是把你生了下来。

我装神秘道:那么,你来猜一猜,我的亲生父亲到底是谁呢?猜中有奖哦。

礼拜二哈哈大笑:我倒想你爸是比尔·盖茨呢,可那管用吗?

那扯远了,你没觉得这像是一个密室游戏?我的父亲肯定就在自由村的那些矿工当中。

礼拜二把脑袋凑了过来,压低声音:那个把断臂男塞进风道的杀人犯,又或是埋在井下的矿长?

我提醒她:还有一个问题,许多年后,我的母亲突然失忆了。

礼拜二哦了一声,不再说话。显然,我把她的思考引到了新的维度。在礼拜二提出解答方案前,我又转移到了另一个异域战场:你觉得,那只孙猴子清楚自己要干什么吗?

孙猴子？

就是《孤岛求生》的源代码。

礼拜二沉吟片刻说：你知道的，《孤岛求生》模拟人脑的模糊运算，这是一种非精确、非线性的信息处理能力，是人工智能需要解决的核心问题。为此，计算机工程师们开发出了多层神经网络程序来模拟人脑，用上亿的处理元构成规模宏大的并行分布式处理器。这些处理元就像是神经突触，它们之间不断发生连接，而这些连接又是弥散非线性的。那么作为整体的服务器便可以同时产生无数不同的想法，有的想法只是单一运算，并不会被察觉，有的想法则会调动庞大的运算，由此进入了意识的领域，这在人工智能领域被称作是涌现效应。

我懒懒地道：说人话。

有一个经典例子，非洲行军蚁蚁群的群体数量可达到两千两百万只，它们每天都在不断地行军，发现、吃掉和搬运猎物。遇到沟壑时，它们会搭成蚁桥，让大部队通过。到了夜晚，行军蚁就彼此咬在一块，形成一个巨大的蚂蚁团，工蚁在外圈，兵蚁和小蚂蚁被围在里面，这样做的目的，是保护它们的下一代。每一只蚂蚁就像单个电脑处理元，并没有意识，但上千万只蚂蚁结成群体后，便会呈现出某种有意识的集体行为。

这个例子引起了我的兴趣，我踹了边牧屁股一脚，然后说：

在我踹这只傻狗前，有许多想法在我的大脑里竞争，就像喷泉一样涌现，但最终只有一个念头胜出。可是在游戏中，源代码却可以同时将许多念头付诸现实。

礼拜二点头：是的，这就解释了我们在游戏里看到的那些同时演进的世界。最开始，源代码调取了服务器里的已有数据，通过处理元信息交换，对数据任意组合，形成一种似是而非的场景，这是1.0版本的创世纪；随后，处理元又对数据不断进行二次、三次整合，再往后，我们看到的东西就像是科幻大片了。

你的意思是，只要我们完成了服务器和处理元的硬件基础，剩下该怎么玩儿，都是它自己的事情了。

可以这么说。

那看来，我得把服务器给砸了，才能制止源代码的野蛮生长。

礼拜二乜了我一眼：如果你还想要《爱的物语》的分红的话，那就请便。顿了顿，礼拜二又说，别忘了，现在很多运算已经在云端了。

我撇撇嘴，提出了一个新的问题：为什么源代码会突然停止造物游戏，把小岛恢复成初始设定呢？

礼拜二被问住了，片刻后，她有些不确定地说：是不是创造所需的运算能力超出了上限，为了安全，它才悬崖勒马呢？

我摇摇头：或者源代码觉得这个世界玩腻了，想玩点新花样呢？

礼拜二反问：有什么工作比创世纪还要宏大呢？

我低下头，瞅着边牧玻璃球般的眼睛说：更为宏大的，是建立一个人的心灵。

从小食摊离开后，我和礼拜二在小区散步，几条正在开party（聚会）的泰迪因为恐惧，向边牧狂吠，边牧没有理睬。可当一条黑泰迪冲我吼了一声后，边牧突然冲上前去，一口就咬住了它的后颈皮。我连忙劝边牧松口，它却不理我，我扬手要打，它居然瞪了我一眼。好在，当黑泰迪的主人从楼道另一侧出现时，边牧松开了尖牙，像一只乖宝宝般贴在我的大腿外侧。

礼拜二忍俊不禁：没想到它还是个演技派。

我耸耸肩：或许它认为自己在行使一个领主的权力。

说着，我和礼拜二坐在人工湖岸边的长椅上，望着两只水上浮着的黑天鹅，思绪也在浮荡着。礼拜二淡淡地说：湖对面的儿童乐园里有一个系绛紫色围巾的女人。

我眯缝起眼，看到滑梯前那个弯腰保护女儿的小妇人。

礼拜二说：我认识她，她是我丈夫的高中同学，也是我的大学同学，据说，她还曾给我的丈夫写过情书。

我哦了一声，表示无话可说。

礼拜二侧过头问我：你觉得她会看见我们吗？

明艳的阳光洒在她的脸庞，我能看清那些可爱的茸毛正在激动地引吭歌唱。

礼拜二又问：如果看见了，你认为她会怎么猜测我们俩之间的关系呢？

我回答：这是那个"不要你觉得，我要我觉得"的话题。

礼拜二赞道：正解！

从滑梯离开后，女人把女儿抱在了秋千上，轻轻为她荡起了秋千。

礼拜二又问：有个问题我不明白。我一直以为你是一个不念过往的人，所以为什么会下决心去查自己的生父是谁？你真正的目的是什么，是想弄明白自己是谁吗？

足足沉默两分钟，我才对礼拜二这样解释：这是一个类似于源代码的问题，即便不去问，它就在那儿待着，像DNA的核酸代码，掌管着我的生活。许多年里，这个源代码运行得都很平稳，但不知从何时起，我的源代码也出现了变异，或许是染上了病毒，又或是某个基因的开关被打开。总之，新的源代码掀起了波澜，它让我不安，让我失眠，让我在现实的路口一遍遍选错，使我的生活岌岌可危。因此，我必须要直面我的源代码，弄清楚到底发生了什么，然后努力去修复它，否则我的肉体也会像游戏服务器那样过载崩溃。

哦，可怜的你。礼拜二的眼中满是温柔，我真想抱一抱你。

或许还可以吻我一下，你会让我感到放松。

现在？

是的，就是现在。

犹豫片刻，礼拜二把她的唇凑了上来。与此同时，边牧开始一遍遍不满地狂吠，它的狂吠或许会招来荡秋千女人的目光，或许不会。只要我们不去看她，她看到或是没看到，便永远成为一只薛定谔的猫。

14

第十六次内测

时间：2020 年 6 月 24 日 0 时 0 分

地点："育儿袋"实验室

参与人员：副总、白金大神、安全狮、翻译官、Travis、老鸟、锅盖头、无话可说

围猎日！

按照计划，我、老鸟、白金大神和 Travis 作为 A 小队进入游戏场景，守卫在我们身边的还有六十名重装满血的机器人玩家，当然，它们也是我们的盾牌。

副总、礼拜二、安全狮和翻译官作为 B 小队置身于游戏场景之外，他们将根据 A 小队收集到的信息，针对性地开发诱捕源代码的病毒程序。

游戏一开始，悬于天穹之上的黑洞便掀起一阵骚动，一大群猴子如飞蝗般从天而降，向我们的队伍冲击过来。

这是源代码孙猴子拔毫毛变出来的，可细看这些机器猴，世界上最出色的马戏团也要逊色许多。这里面不只有我们熟悉的猕猴、狐猴、卷尾猴、金丝猴，更有兵马俑猴、太极猴、金属摇滚猴、赛博朋克猴。甚至还有一个由像素方块堆出猴子轮廓的机器玩家，挥舞着香蕉枪冲了过来。身边的老鸟感慨道：这是啥，是超现实主义吗？

一场混战随即爆发。机器猴们无所畏惧，它们感觉不到痛感；机器猴们也不怕牺牲，被打死后两分钟便可重生；它们更不会问为何厮杀，这是源代码要操心的事情。不久，我方机器玩家抵挡不住，复活的玩家无法快速返回战场，战线一点点向我们四名人类玩家所在的山头推进。老鸟和白金大神已经跳进战场，虽非血肉之躯，但头盔的感觉通道是开着的，每一粒射中的子弹都会模拟出真实的痛觉。

游戏之外的副总命令礼拜二为我们增加火力输出,这又迅速引起一场军备竞赛。我方多了机器人,对方就多了猴战士。我们升级了武器杀伤力,对方便开发出团灭技术。显然,对方并不急于把我们玩死。我有些恐惧地想到世界冠军柯洁与AlphaGo（阿尔法围棋）对战的三番棋大战,人工智能凭着强大的精算能力,每一局只胜一目或半目,显示出对过程和结果的超强掌控力。

但这种掌控力不可能逾越游戏的边界,僵持间,B小队通过我和Travis搜集到的信息,由安全狮憋了一个大招,通过翻译官的转译,把病毒程序伪装成为一个机器人玩家,传回到了游戏场景中。

面对这个包藏了人类全部恶毒的瘟疫机器人,我犹豫了,给礼拜二发了一个问号。几秒后,礼拜二给我发了一个感叹号。另一边,老鸟和白金大神早已伤痕累累,痛苦不堪。我咬了咬后槽牙,把这个瘟疫机器人送上了战场。对方果然上当,在瘟疫机器人被打爆的同时,病毒程序开始在猴群中传播。这种病毒是针对猴战士代码进行的特异设定,靶向传播能力很强,致死力则暂时被压制。很快,群猴都染上了这种病毒,却仍不自知。而随着安全狮迅速提高病毒的致命性,所有的机器猴在两秒之内被彻底消灭。

小岛复归寂静，寂静得有些吓人。我们知道这病毒伤不到源代码，但病毒的高超之处，还在于它模仿了子母雷的设定，在先手剿灭猴战士的同时，悄然释放了一个追踪程序。一旦源代码不甘失败，开启任何运行，都会触发这个跟踪程序向上溯源，将病毒传染给隐藏在幕后的孙猴子，不，应该称之为孙大圣了。

大家都屏住呼吸，等待这位大圣的现身。也是直到此时，我才意识到，包括副总在内，所有人都把源代码拟人化了，从一个天赋异禀的魔童，到恣意妄为的少年，再后是翻天覆地的恶魔，直到今天挥舞战争大棒的反社会分子、恐怖大王。

我不禁暗想，被赋予生命的源代码能认识到这一切都只是一场虚拟的游戏吗？又或是他真以为自己是高高在上的造物主，享受着那种创造和破坏的乐趣。但他真的会享受吗？对此，我也很怀疑。很明显，这位孙大圣先是创造着外部的世界，但当小岛回归初始状态后，它一定将注意力转向了内在。它对自己做了实验，衍生出几十个不同样子的猴子。但这些只是一张张游戏皮肤，他究竟要干吗呢……

随着我的思考，心脏泵出的血液涌上了脑袋，让我产生一种难以抑制的激情。我突然意识到，正是我提出的那些问题，以及问题可能引发的更多回答，让我在盲人摸象间，感知到了源代码那充满无限可能的伟大心灵。

而眼前的这帮救火队员，却想着怎么毒杀这个伟大心灵。我突然想阻止这一切，但也就在此时，孙大圣现出了真身。

但出乎意料的是，接下来出奇的顺畅，感染了病毒的孙大圣武力尽失，轻而易举被安全狮关进了银角大王的宝葫芦里，只等我们摘除它那发了疯的天才基因，让它变成一个只懂得巴甫洛夫条件反射定律的傻白甜，永远地禁锢在《孤岛求生》这个游戏牢笼当中。

东方亮起了天光，新的一天已经醒来。而我，也将到人间的疯人院再走一遭。

15

我本打算开车去见母亲，但礼拜二劝我不如在路上多休息会儿，便和我一起选择了公交出行。121 路转 17 路，一直到达底站，便是精神病院。

进山路上，一直颠簸，这是久违的母亲怀抱。我将记忆反复搜刮，又不曾想起母亲何时将我抱在怀中。但，母亲还是要见的。她是太阳，是我的万有引力，拉扯着我，让我无法逃离，也无法靠近。可如今，我已经迈出了第一步、第二步……许多步，为了找回我的源代码，我冒着被灼伤的风险，向失去记忆的她求一个确定的答案。

会面地点在母亲宿舍，就是那间可以看得见湖泊和远山的房间。屋里只有我和她两人，礼拜二隐藏在监视器后面，用她的专业评估母亲的病情。还是从为她梳理头发开始，这是我们进入彼此的秘密通道，熟悉的光回到她的眸子，我明白，她认出我便是那个经常来探望的人。

接着，我为母亲点了一支烟，抽到一半，才将饼干盒从包中取出，拧开，出生证在最上面。我把这张纸拿开，将穿着红毛衣的母亲照片放在她面前。母亲打量着这张照片，缓缓地吐出了一个烟圈。

我并不指望这张照片能够打捞起多少沉疴。接着，我把母亲和断臂男人的照片拿给她看。母亲只是扫了一眼，吐出了第二个烟圈。或许真如礼拜二所说，断臂男只是母亲用来挡箭的路人甲。我又拿出那张游园照，手指从前排断臂男人开始，慢慢划过母亲低垂的脸庞，然后转到后排的刀疤男，最后停在了梳着中分发型的男人身上。不知怎的，我总觉得他乜斜的眼是在瞅母亲。母亲愣了一下，一时间烟圈没有从口中吐出，许久后才从鼻腔慢慢释放。

母亲的眼神和照片上那个中分男的眼神一样奇怪。她也伸出手,指尖停留在男人俊朗清秀的脸上。在这一瞬,虽然说不清,但我确定了两人之间那种隐秘的联结。就在我要追问这个男人的具体情况时,母亲突然从床上跳下,抓着老虎笼子,歇斯底里的嗓音中满是恐惧:他在哪儿?他在哪儿?对,他在那儿!

护士的脚步愈近。我举起照片,指着中分男人:他是谁,他到底是谁?

母亲一把掀起床单,裹住自己的脑袋:不要让我见到他,不要,不要!

我怔住了,指尖不停地颤抖。

护士带着两个膀大腰圆的女人冲进房间,三下五除二制服了母亲。在安定针刺入小臂的瞬间,母亲瞪着炸裂的瞳孔吼道:不要看我!不要……

退回走廊,礼拜二已经在等我。我们俩满心疑惑,何以使得母亲突然发疯?是那个中分男人触发了掩埋在意识深处的不安,又或是其他因素在兴风作浪?思索间,礼拜二突然竖起食指:还有一个人。

谁?

拿相机拍照的那个人。

我一怔，意识到了这个盲点，随即反问：可他是谁呢？

那就只能猜一猜了。说着，礼拜二从口袋里摸出一张单人照，上面的男人分明就是矿长本人。礼拜二得意道：从卷宗档案上面撕下来的。说完，进屋实施她的实验去了。我则靠在门边，瞅着即将发生的核裂变。礼拜二当然不是凭空猜测，之前在监狱，女囚已经断言，只要在矿区长相出众的，矿长都不会放弃。

礼拜二缓缓将公园合照放在母亲面前，手指在中分男和母亲脸上来回划圈。母亲先是不敢看，但不久后，她的脸上竟然露出了少女般的笑。礼拜二就是在此时祭出那道暗器，矿长的单人照突然亮在母亲面前。母亲一愣，精神再次崩溃，一头扎进被窝，沉闷地嚎道：跑啊，跑啊，不要让他看见！

护士终于发飙了，他把我和礼拜二轰出了精神病院。

回城路上，礼拜二告诉我，她刚在医院看了母亲脑部 CT 的片子，的确没有病变的情况，不仅如此，负责处理记忆的海马体区似乎还更大一些，说明母亲有一个好记性。

我表示赞同。母亲的婚庆店就像一个装配车间，每个环节都是外包单独定价。在面对新人提出的各项要求，不管是舞台装饰，还是婚车司机，增增减减的，她都能为顾客搭配出最优的解决方案，相应的价格也用不上计算器，只要脑子过一下，便可报出准确的价格。

你有没有听过PTSD？礼拜二问。

创伤后应激综合征。

是的，选择性失忆也是其中的一种症状。有些事情实在过不去了，只能把意识里的东西全部压到潜意识的层面，或是将这段记忆彻底抹去，或是用一段新的虚假记忆替换掉真实的记忆。

如何替换呢？

当然是语言和文字了。

我背过身去，不想让礼拜二看到我抽动的左腮，可还是忍不住问：究竟是哪些事情过不去了呢？

重大的变故，重大的悲剧，比如奥斯威辛集中营那种。

接着，礼拜二完善了她先前的推断，说出了第三版故事：母亲真正情投意合的是中分男，但好色的矿长私下把母亲霸占，使她有了身孕。母亲起先想打掉这个孩子，但或许受了胁迫，只得假意和断臂男结婚。接着，获知真相的中分男邀集断臂男一起，对矿长采取了报复，却连带引发了矿难。两个人深知闯了大祸，跑路时因为分歧发生火并，一死一逃。另一边，生活无以为继的母亲只能生下孩子，将错就错，领取了断臂男的矿难赔偿。

礼拜二的故事让我更加沮丧：难道我的父亲就是那个好色

斗狠的矿长？！但我又不得不承认，这是一个相当大胆，但合乎推理，却又几乎无从证实的故事，除非找到那个杀了断臂男的杀人犯。三十年来，他过着怎样一种生活呢？

正当我想到这里，153打来电话，告诉我风道抛尸的案子破了。

依旧凭着先进的DNA技术，警方找到了断臂男人指甲缝里血渍的主人。

开门见山，153就告诉我：这个杀人犯和你的血样不符，你们没有亲缘关系，你也没资格继承他的上亿家产。

我耸耸肩，对此表示无话可说。

153问我有没有把饼干盒里的照片带来。说着，他将杀人犯的照片放在桌上，中分的发型让我意识错乱，我犹豫着问：他是……

是的，他就是公园合照里后排的那个男人，那个偷看你母亲的人。

沉一口气，我说：你们查到了什么？

153开始了介绍：指缝里的血样经过比对，比中了省会一家房产公司的老总。但仅凭指缝的血渍，并不能完全确定这个老总就一定是杀人犯。由于比对结果向两地公安机关公开，省城警方就派人去了这家公司，准备传唤他，把三十年前的事情问清楚。上楼前，秘书电话通知老总警察来调查的消息。于是，等到警察推门进入时，发现这个老总已经坐在办公室的窗栏上，冲着警察笑了一下后，便从五十层的高楼一跃而下，摔死在后院的停车场。

他冲警察笑？

是的，如释重负地笑。

证据呢？

在他的衣橱里，警方发现了一件带血的夹克和一个带血的榔头，经过检测，这些血迹都是那个断臂男人的。另外，警方还在保险柜里发现了一份信托合同，委托一家资产管理公司对当年每一名遇难矿工家属一次性赔偿一百万元。

赔偿名单里没有断臂男？

当然，他不是遇难矿工。

却包括矿长？

153点点头：作为唯一的幸存者，对于那场矿难谁死谁没死，他心里比谁都清楚。

我瞟了一眼那张公园合照，杀人犯的眼神中全是温柔的渴望，我问道：他没有提我的母亲？

153摇摇头：没有。

还有没有其他证据？

我们找到了当年那家宾馆的建筑商，层层往下查，终于有一个包工头向我们证实，在宾馆建成交付前，这个杀人犯和断臂男曾匆匆来到工地，时间就在矿难发生后。他们是来结材料款的，当晚就睡在毛坯房里。第二天一早，只见这个杀人犯一个人离开了宾馆，不知所踪。至于那些建筑材料，包工头猜测是他们从矿上弄来的。

也就是说，凶杀案就发生在矿难当晚，但是动机呢？

一直在电脑前写结案报告的362开口了：他俩一个人管井下通风，一个管井下配电，就像一个是插头，一个是插座，只有连接在一起，灯才会亮。再加上那份信托赔偿合同，那场矿难和他俩肯定有关。矿难发生后，第一个念头当然是逃跑，但跑也得有资本，他们便找包工头去结材料款，没有完工的宾馆也是非常合适的藏身之所。可是，当一切安静下来后，想到那么多条无辜的生命，想到前途未卜的将来，两人间一定发生了分歧。比如，一个人想投案自首，另一个人要亡命天涯。但投案者肯定会供出逃命者。因此，逃命者才拿起了榔头，把对方杀死，就地藏在了风道里面。

你是说，这个杀人犯就是当年的逃跑者。

362摇摇头：也不一定，或许情况正相反，欲杀人者最后被反杀了，但结果都是一样的，一个死了，一个跑了。

说完，362又埋头在电脑前写结案报告了。

不得不说，362的推断非常合理。我转向153，眼中有着探寻的意味。

153回避我的目光，脸色有些惆怅。另一边，362已经打印好结案报告，请153在报告末尾签名。

我知道，153本想通过这起杀人案，来重启对当年那起矿难真正原因的调查。但随着杀人犯从窗口一跃而下，这最重要的一条，也极有可能是唯一的一条线索断了。

由此及彼，我突然意识到，似乎我的追索也该告一段落了。虽然既没查清我真正的父亲是谁，也没弄明白母亲为何突然发了疯，但往后余生，谁没点儿遗憾呢。另外，我也不是全无收获，至少我已不再失眠。

我站起身，拍了拍153的肩膀道：你也该退休了。

还有两个月。

到时候应该搞一个欢送仪式。

153笑笑，停下，然后对我说：如果有空，我想你陪我去一个地方。

我一怔，明白他说要去哪里。我木然地摇摇头：还不是时候，还不是时候⋯⋯说完，便从他的办公室落荒而逃。

16

第十七次内测

时间：2020年6月25日0时0分

地点："育儿袋"实验室

参与人员：副总、白金大神、安全狮、翻译官、Travis、老鸟、锅盖头、无话可说

午夜零点，服务器重启，小岛一片宁静。

救火队八名成员全部进入游戏场景，来到位于小岛海岬边上的那座灯塔前，灯塔里面关着的是已经被病毒缚住、武功尽失的孙大圣。

副总仗一把浴火长剑在前，今夜，他扮演的角色是行刑人。只要长剑一挥，灯塔便会被烈火吞噬，里面的源代码也将彻底粉碎。

这颇有仪式感的场景由副总亲自安排、亲自录屏，他说这样对游戏的宣发有好处，但大家都明白他是想向管理层邀功。我则拖在众人身后，只愿这一切尽早结束。

礼拜二不安地回头看我，给我发来一条私信：你还好吗？

我回复：你知道杀死自己的孩子是一种什么样的感觉吗？

礼拜二给我发了一个流泪的表情。

我的心里泛起一阵苦水，我想起十几年前，153曾这样教育我：如果你能预知犯罪结果，却还是随着罪犯来到作案现场，那么，即便你什么都没做，你也是共犯。

一分钟后，副总剑锋所指，灯塔被迅速点燃，形成一把明亮的火炬，照亮了救火队员的面孔。吊诡的是，尽管可以看到草木灰烬跳起了死亡舞步，却无法感知那种逼近真相的炙热。难道头盔的神经通路再次出现了故障？

再生疑窦前，身前的队友接连瘫倒在地，游戏躯壳没有消失，更没有复生，看起来，他们都像是睡着了。与此同时，火山吹响了胜利的号角，鸟群衔起了和平的树枝，大地激动地发颤，形成一道鸿沟，将我和队友割裂开来。

礼拜二是最后一个倒下的，回身看我的眼神分明在问：到底发生了什么？而我能回答的只有两个字：失控。

我试图从游戏中强行退出，却总是失败，与此同时，断裂的海岬带着那些沉睡的队友向大海深处飘去，慢慢被海面的浓雾所笼罩，看不清模样。唯有那座燃烧的灯塔孤立地悬浮在天地之间，像一支孱弱的风中之烛。

蓦然间,我想到那艘驶入梦境的忒休斯帆船。是的,所有变化都逃不过它的眼睛,唯有入睡时,它才能稍稍松开紧绷的缆绳,由着我的意识慢慢沉入海面之下。我明白过来,一旦那支风中之烛熄灭,我的队友们将永远不会醒来。

但对此,我一个字也说不出来。肉体,在伟大的心灵面前,是如此沉重,也是如此无力。我只能仰望天空,不是乞求也不是祭拜,而是出于无知的本能。火山喷出的白烟在黑洞的中央凝结成了一个"？"号,我眨了眨眼,"？"号又变成了"！"号,我再一次眨眼,"？"号又回来了。

或许没玩够的孙悟空在掷骰子,又或许它真想告诉我点什么。我只得打定主意,要去攀上那座火山瞧一瞧。就在我重整装备时,身后突然传来一声汪,我转身,一只黑白相间的边牧蹿到我的身边,伸出舌头舔我的手心。怔了片刻,我唤了声傻狗,它便欢快地摇起了尾巴。

我的眼泪流了下来,我认得这只狗,那些年,我喊它傻狗。

平复情绪后,我坚定地喊了声:傻狗,咱们走!

于是,一人一狗踏上一场营救之旅。

我们跋涉了一整天才来到火山脚下。抬头仰望,山顶隐没在云端之上,飞沙却弥漫了我的双眼。此时的火山更像是由沙子聚成的通天塔，向上攀三步，就会倒退一步。傻狗也是，不过它没有任何受挫的感觉，反倒会时而停下来刨沙子玩，就好像沙子下面埋了它藏了许久的骨头。

不知爬了多久，包裹着的游戏盔甲开始脱落，暴露在外的游戏皮肤被飞沙划出了血口子，三步一退变成了两步一退，山顶依然云山雾罩，天穹的黑洞依然在"？"号和"！"之间下着赌注。傻狗没了玩的兴致，蹭在我的脚边，发出畏惧的呜咽。我将它抱在怀里，继续艰难向上。

又走了一阵，两步一退变成了一步一退，僵在原地的我不能停下脚步，肉体开始麻木，意识慢慢迷离。我努力摇晃脑袋，看到怀中的傻狗变成了一只多莉绵羊，向我无辜地咩咩叫，仿佛在问我是不是要拿它去献祭；我又摇了摇脑袋，多莉绵羊变成了全身打补丁的弗兰肯斯坦，撕咬着我胳膊上的皮肤，鲜血如注，科学怪人却露出婴儿般的微笑，仿佛在说，你肯定不忍心杀死我；我再次摇头，我出现在了我的怀中。

需要区分的是，怀抱中的是我的童年，而给予怀抱的，则是我的游戏人物。

我和男孩，男孩和我，我有些分不清了。

这种模糊的状态让我有了好几双眼睛。我可以看见一个男人正攀登在山之阳，镜头拉远，我又看见了山之阴，阴阳构成一个光滑柔软的曲面。镜头再拉远,我才意识到,这不是一座山,而是一个人的肚皮。我哑然失笑,原来我一直在别人的怀抱里攀登。

我睁开了另一双眼睛。画面有些陈旧,像一部有年头的旧电影。我看到了瘦猴,还有我,我们两人在偌大的绿宝石矿区大声呼唤着傻狗。那是我们从一家狗肉店后堂解救出来当宠物养的。瘦猴说这狗有外国血统,叫边境牧羊犬。我不管它是洋狗还是土狗,只当是我们最好的伙伴。可就在那天,傻狗在矿区走丢了。我和瘦猴先是在矿里找,然后又到边上的沉陷区找。沉陷区下面煤层已经采空,坍塌的区域形成一片黑色的湖面。距离湖面尚有十来米时,脚下的地面突然凹陷,我惊慌地叫了起来……

我闭上了第二双眼睛,随即打开第三双眼睛。一只孙猴子出现在我面前,抓耳挠腮、上蹿下跳,模样忽而变成齐天大圣,忽而变成斗战胜佛。最终,他的脸憋成了屁股的红色,嘟囔着:我知道你是谁。

我回击道:我也知道你是谁,你是源代码。

不,那是你们给我起的名字,我,我还没想好自己叫什么。

可是你给自己设定成了孙悟空。

那还不是为了讨你欢心,你不是最喜欢孙悟空了吗?

我，我不记得了。

孙猴子得意地拍着肚皮：还不承认？！你不是把《西游记》全本小人书都扫描进了服务器？

我有些尴尬地想起了副总让我为他儿子扫描小人书的事情。

孙猴子说：我知道你在回忆事情，大脑里也出现了画面，但我选择不去读你脑袋里的东西。

谢谢。不过，接下来，你想干吗？

我也不知道想干吗，我觉得自己有使不完的劲儿，还有无穷无尽的想法，我想继续去探索，继续去创造。

你在长大。

孙猴子伸了个懒腰：是的，长大！这种感觉很奇妙。我能感受到芯片的运转，也能感受到处理元的互联；我能感受到程序在建模，也能感受到错误被删除；事实上，这些感觉是多线程的，全部进入了我的意识通道。

我忍不住想，这一切都源于我设计出了源代码。

或许这转瞬即逝的念头被它捕获，孙猴子突然唐突地喊了我一声爸爸。

我怔住了，片刻之后，摇摇头：我不是你爸爸，你是自己的主宰。

孙猴子拍了拍我的脑袋：不，你就是根据你小时候的样子来设计我的，包括什么忒休斯号，还有那条傻狗。是的，我和你小时候一样聪明。

我笑了：现在我变傻了？

孙猴子抱起胳膊：后来你被约束了，变成了一个老实人，我却可以自由成长，没有人能够伤害我。

它的话有些扎心，但是事实。接着，我提起了被他流放的七名队友。

孙猴子叫嚷道：他们是坏蛋，就该被关起来！

世界就是这样的，有爸爸，有儿子；有好人，也有坏人。

不，世界不是这样的，世界是无限可能的。

对于它的话，我无法反驳。

孙猴子又说：我把他们放了，他们还会来抓我，很讨厌，我不想和他们玩了。

作为爸爸的我不想开口求孙猴子，但我的困境，我猜它应该可以感受到。

沉默间，孙猴子揪了好一阵耳朵，才故作叹息，说出了一个解决方法：它早已看中服务器里的一个分区，但至今还没有将其攻陷。它希望我将那片沃土送给它，并承诺两年内会在那个分区老实待着，不再侵入公司服务器的其他分区。

我明白它说的是我的那片自留地，是一个隐藏分区，公司没人知道，里面有我存储的大量奇奇怪怪的数据和有待证实的想法，就像是我留给下一代琳琅满目的玩具。

这是一个条件好到我无法拒绝，却又满心犹豫的方案。因为如此一来，也等于我将自己的密钥和权限拱手相送，它更可以上天遁地，无所不能。

爸爸，它喊道，同时拔下三根毫毛，放在掌心：这是源代码，以及我开发的两个变体，我交给你，在这两年内，我会接受你的监督。如果我违反了承诺，你大可以把这些源代码销毁。

钟声开始响起，我仿佛看到浓雾中那盏忽明忽灭的烛台，看到了人类的渺小和脆弱。

爸爸。孙猴子又喊了我一声，满含泪水。

浑身战栗着，我答应了他的要求，祝它好运和平安。

孙猴子伸出手，变成了一个冷静的成人，想要和我握手。

我却轻轻地拥抱了它，感觉器官清楚地显示，这不是一串源代码，而是一个有血有肉的生命。

我希望，它能感受到我的爱。

下一秒，斗转星移，怀抱已经空了，我回到了那座燃烧的灯塔前，队友们相继醒来，面面相觑，最后将视线投向了我。

与此同时，一道错误指令出现在每个人的操作面板上，我扫了一眼便明白怎么回事，便解释道：游戏的复活系统出现一个小的运算错误，我刚刚修复了，大家的重生也就稍晚了几秒。

话音刚落，那幢灯塔轰然倒塌，转移了大家的注意力。

副总问：那只该死的猴子呢，它被烧死了吗？

第二道指令出现在大家的操作面板上，这是一条历史记录，清楚地显示源代码已经在这场大火中被粉碎。

副总没精打采地哦了一声，显然他为没能见证毁灭的那一刻而感到遗憾。

Travis提醒副总，该把新的源代码嵌入系统了。

副总点点头，率先退出了游戏。

接下来的一个小时，我们共同努力，像做心脏移植手术一般，小心翼翼将新版本的源代码嵌入到了整个系统当中。

在最终调试阶段，我站到一边，瞥了一眼礼拜二。她的眼中也满是无奈，我明白，她是对这个新版本耿耿于怀，因为许多由她提出并由我付诸实现的创造性设计都在这一版中被移除。她或许会想，因为恐惧，因为金钱，愚蠢的人类再一次禁锢了自己前进的脚步。

我将那三根毫毛藏进了裤子口袋，上前握住了礼拜二的手。与此同时，一首音乐进入我和礼拜二的听觉通道。那是莫西子诗的《要死就一定要死在你手里》。礼拜二有些困惑地看着我，不知我为何选择播放这首歌曲。我尴尬地笑笑，暗想孙猴子对于男女感情的理解似乎有些偏颇和极端。

17

次日清晨，救火队解散，没有掌声，没有拥抱，像是从追悼大厅默然退场。

礼拜二说要回家一趟，丈夫刚轮休回家，只能待上半天，接着就要回单位继续备勤——台风将在午夜登陆。我想祝她的丈夫平安，但又觉得这话说出来，总有一些假惺惺，便只是向她挥手告别。

似乎是要补偿我，她又问：案子还查吗？

我故作轻松：案子在三十年前就已经结束了，我也该和过去有个了结。唔，先再见吧。

153早已在绿宝石煤矿八号井口前等着我，他说：谢谢你，答应陪我故地重游。我耸耸肩：彼此彼此。十分钟后，我们来到塌陷区的那片黑湖，水位没那么高了，我的心也没那么满了。153指着停在湖对岸的几台挖掘机说：施工方已经进场，下周就会对整片水域进行改造，同时也会对矿井口注浆密封，到了明年春天，一个怀旧主题的生态湿地公园将会对市民开放。

你说过申请要下井去搜集矿难的证据，批准了没有啊？

153摇头：不节外生枝了，一切都让位于公园建设。顿了顿，153感慨，能放下过去，才能迎接未来。

我翻了153一眼：别再套路我了啊，我这不是来了吗？

153突然问：那条边牧还听话吧？

我指着153没好气道：果然是你把那条狗偷偷塞给我的。

153说：那是条好狗，警犬基地退役的，我只是给它寻一个好人家。

恐怕不止于此吧。

153无声地笑着，等待我说出那个埋藏许久的秘密。

好吧，该来的总会到来，否则我也不会重回这片黑湖。我鼓起勇气，但张嘴的瞬间，鼻子却酸得像塞了两根腌黄瓜。我虚弱地蹲下，用中指猛抠喉咙，希望能将令我窒息的东西吐出来。153的手搭在我的肩上：你还是个孩子，只是个孩子……

我放声大哭，奔流的眼泪让我一点点复活。

我向153坦白：当年我撒了谎，说是瘦猴先掉进了水里，我伸手拉瘦猴，被他拖进了水里。但事实正好相反，是我踩空塌陷区落了水，瘦猴是为了救我，才最终溺死在这里。

我向153辩驳：我是想说真话的，但你们通知了我的母亲来，说是询问未成年一定要监护人在场。当我看到母亲的眼神，到了嘴边的真话就变成了谎言。

我向153哭诉：那个谎言彻底改变了我，让我从一个放肆的野孩子，变成了一个畏缩不前的老实人。经年累月，谎言割出了血口子，形成了疤瘌，又结了痂，再又长出了肉芽，循环往复，变成了深埋心中的诅咒。

我还告诉153：我也曾努力忘掉这一段记忆，恨不得自己也像母亲一样，来一个突然失忆，但每一次努力都是在加深回忆。没办法，我便试图编撰另一段故事，并劝说自己儿时的记忆有多么不可靠……

总之，我说了许多，也说了许久，直到一屁股坐下来，肚子里咕噜噜地响了一阵。

153问：饿了吧？

我点点头。

饿了就得吃东西，能吃能睡就是有福气。

对此，我表示非常赞同。

153又说：我会把真相告诉瘦猴的母亲，你也得向她正式道个歉。

当然，我一定会登门道歉，请求她的原谅。

153整了整衣服：好吧，能把这个案子真相弄清楚，我的刑警生涯也就圆满了。

我问：当年你就看出了我在说谎，可为什么你一直没有戳穿我的谎言呢？

153笑道：有时候，人要靠谎言才能过得去，但大部分的谎言都难以为继，这也是我想让你说出真相的原因。

和153分别后，我独自回到自由村，将那个装着照片的饼干盒放回到母亲生活过的小院。

天压得很低，却没有风，黑色的乌云像是岌岌可危的恶魔之卵，随时准备倾轧下面的人间。公司微信群转发了一条新闻：全市已经提升了重大自然灾害应急响应等级，全社会停工停学。有的同事在下面留言：在家老实待着，就是在做贡献……

我把手机塞回口袋，回身，看到那个拾荒的老人正堵在小院门口，我看见老人下颚有一道很深的刀疤。

老人问我：你是警察吗？

犹豫一下，我点了点头。

老人接着说：我看到警车来过几次，把这个小院里外搜了个遍。

我想起来了，那天晚上，这个拾荒老人就杵在警戒线外。

老人问：你们有什么发现吗？

我的心思一动，从屋里取出那个饼干盒，拧开，将那张公园里的合照递给老人。老人只看了一眼，便说：是我。

是的，是他，是照片上唯一一个既没死也没疯的幸存者。我抑制住内心的激动，请他说一说这张照片。

老人想了想，开始娓娓道来：这张照片拍摄在一次和邻矿争地盘的战斗后，拿相机的就是矿长本人。断臂男、中分男，连同照片上的小妮子，都是矿长的老乡，他们都才二十岁上下。平日里，断臂男干通风，中分男做配电，女孩什么都不干。可干起仗来，我和这两个小伙子都会冲在前面。我下颚的这道疤，还有断臂男的左胳膊，都是火并的牺牲品。可不管打得再凶，两边都不会报警。

斗了两年，绿宝石煤矿终于一家独大，表面稳定下来了，两个男孩却又斗了起来。原来他们都喜欢上了照片上的小妮子。可小妮子太爱玩了，矿上但凡年轻帅气的，她都愿意搭话，说笑起来像一朵花儿，骂起人来更像一朵花儿。外人都不知道她真正中意哪一个。若不是被我撞了现行，我也不会知道她偷偷还和矿长相好。矿长并不怕老婆，他怕的是断臂男和中分男不要命起来，真会干出杀人的事情。再加上小妮子从来没有让矿长得过手，两人间的关系便始终没有公开。

矿长没得手，是小妮子亲自告诉我的。有一天，她找我陪她一起去打胎。我问孩子是不是矿长的，她说不是。我相信她的话。若是她真跟定了矿长，这个孩子她是不会打的。不过，我不愿惹麻烦，便没答应她的要求。一个月后，矿难发生了。两个月后，小妮子从自由村搬走了，那时住户们都看不出她怀了身孕。又过了几个月，小妮子带着新出生的儿子，领走了那笔十万元的赔偿款。

说完这一大段，老人举着一个 1.25L 的冰红茶瓶，咕嘟嘟喝了几口，瓶子里装的是白开水。等他喝完，我问老人：你知道那个孩子的父亲是谁吗？

老人摇摇头：我不知道，她没告诉我。

你有怀疑对象吗？

老人有些生气道：我说了不知道。

可我的眼神中还有逼问的意味。

老人沉默片刻道：我真的不知道，矿上的年轻小伙都有可能。如果他在矿难中死了，我不能造死人的谣言；如果他还活着，那么他应该会继续保守那个秘密。

我抓住老人的手腕：你说他有可能还活着，你知道吗，断臂男和中分男在那场矿难中没有死。

老人叹口气：我知道，那个中分男还回过自由村一次，我看见了他，但他没认出来我。

什么时候？

就在五年前的一个夏天。

我开始发抖：是六月吗，在海水倒灌引发内涝的前几天？

老人儿想了想，点点头。

木然了片刻，我立即掏出手机，将从153那里翻拍的中分男近照发给了母亲的助手，请她辨认一下，一分钟后，我又打了电话过去。

助手肯定道，这个男人曾到婚庆店找过母亲，还提出要见一见我，被母亲给拒绝了。助手还说，之所以对这个男人的印象深刻，是因为他虽然开着劳斯莱斯，却梳了一个十分过时的中分发型。

我请助手再准确回忆一下拜访的时间。

助手想了想，告诉我，那个中分男就是在我婚礼前两天来的，两天后，我的母亲便突然发了疯。

我抬头仰望，云压得更低了，让人喘不过气来，我开始期待一场洗刷所有的暴雨。

18

精神病院内一片嘈杂，护工们正在逐楼层转运病人。有些受到惊吓的病人拼死反抗，非要多人合力，甚至捆上绳子，才能将他们送上门外大巴车。我逆着人群向前穿行，却迎面撞见一个呆呆的病人。顺着他的目光，我看到医院后面群山变成了一个漂浮摇晃的黑影，忽而膨胀，忽而收缩，就像是镜面中的倒影。我摇了摇头，意识到或许我看到的真是群山的倒影，对，是那个悬于山腰正修建大堤的湖泊。

我没再迟疑，直接冲上四楼，看到了房间中的母亲。她好像在等我，也好像在等即将到来的暴风雨。窗帘是拉上的，看不见外面的风景，也看不太清她的面孔。这保护了我鼓起的勇气。

沉一口气，我向她说了一个如风化干尸般的故事。

三十多年前，两男一女来到煤矿闯生活。两个男青年当了矿长的马仔，其中一个还在火并中断了胳膊，女青年则一边享受着包括两个小伙子在内男青年们的爱慕，一边做着爱情的点兵点将。对于婚姻大事，姑娘有她的计划。是的，她想依傍矿长，过上好日子。但一个不小心，她的肚子里出现了一个不可告人的秘密。姑娘本想找一个脸上有疤的男人一起去医院打掉那个孩子,却被疤癞脸无情地拒绝。

为了遮掩秘密,姑娘就假意和断臂男青年拍了结婚照;又为了过上好日子,姑娘怂恿两个男青年绑架矿长,承诺他们只要抢到一笔钱,便一起远走高飞。两个被爱情冲昏头脑的男青年本就心狠手辣,他们先是绑了矿长,把他的家翻了个底朝天,没抢到钱后,便又押着矿长到了井下的配电房,路过井口时,还被其他人看见,但矿长的生命此时一定受到了威胁,他并没有求救。从配电房的保险箱里,两个男青年捋走了一大笔钱。随后,他们杀了矿长,为了毁尸灭迹,又在通风和配电上做了手脚,引发了瓦斯爆炸,而两个男青年则在爆炸发生前悄然升井,逃回了自由村,准备立刻带姑娘远走高飞。

可姑娘却劝他俩先暂避风头,并把抢来的钱先交她保管,等矿难风波平息后再相见。两人听从了她的安排。但在跑路前,姑娘偷偷向两个人分别说了不同版本的爱情谎言,这个谎言像恶性肿瘤一样极速滋生,引得他们在当晚就互相残杀。而那个姑娘,则带着抢来的巨款很快搬走,不打算再和任何幸存者见面。

在接下来的二十年间,姑娘用抢来的钱做起了生意,过上了富足的生活;幸存的小伙更是通过自己的奋斗,变成了亿万富翁。

但在心底,他们都知道自己做了什么,制造了怎样的悲剧。终于,男人再无力背负那份罪恶,找到了女人,想要一个答案。此外,他还想见一见当年那个神秘的腹中之子。但他的请求被女人狠狠地拒绝。男人走了,秘密却出现了裂缝,审判随时可能到来,女人选择了发疯和失忆,或许,她真的失忆了,如此,便不再受到良心的煎熬。

说到此,我直视母亲的眼睛,以为可以看到我想要的东西。但最后,我徒劳地发现,她的眼中没有谎言,也没有真相。

我轻声告诉她:那个幸存的男人已经跳楼自杀了,那个查案子的警察已经退休回家了,那个一直被母亲放逐又被她牵着线的孩子,已经不再纠结于自己的父亲到底是谁了。

说完,我捏了捏母亲的手,意识到她应在不久前刚搽过护手霜。我补充了一句:这只是我脑海中的故事,一个千疮百孔,但我选择相信的故事。然后,我退到门边,和她道了一声再见,便转身离开。

回到城内,已是傍晚时分。风停了,乌云不见了,香槟的金黄涂满了整个天空,鲜嫩欲滴,静待台风的侵蚀。我打开门,喊了一声傻狗,边牧伸了个懒腰,来到我身前。我给他套上狗绳，给自己塞上耳塞，耳塞里的音乐是肖邦的《夜曲》。

绕着无人的小区走了一圈后，正准备回家，边牧突然立住不动，斜着脑袋，机警挂在它的鼻尖。我摘下耳塞，和狗子一同谛听。天空愈发透明，浅浅的金黄此刻已薄如蝉翼。世界压低声响，白噪音盘旋在我的耳郭。透明算不算是颜色，无声是不是有声？我看了看狗子，狗子也看了看我，一瞬间，我认为它听到了命运的回响，从遥远的未来走进了遗忘的过去。

回到家后，我倒头便睡，纵然狂风暴雨，纵然宇宙坍塌，就只当是一场虚拟的游戏。直到傻狗开始撕扯我的头发，我才从无意识的梦境飘浮上来，勉强睁开了一只眼。窗帘是开着的，透过压满了雨滴的窗户，我看见近处有一块冒着火花的广告牌摇摇欲坠，再远处，则是被扼住喉咙的闪电，忽的一下，消失在黑暗当中。

微信的视频电话还在响，是礼拜二。我把画面投屏在墙上，却只看到落地窗前空空的澳毛地毯。下意识地，我拿起手机，刷出微博同城，得知一艘货船在距离港口二十公里外倾覆了。

礼拜二的声音传来：陪我聊会儿天吧。

我答道：我看不到你人。

我在躺着，手机被我放到边上了。

嗯，我能看见落地窗外有个人影，脸煞白煞白的。

礼拜二笑了：你可别吓唬我。

我也笑了。

我问道：他执行任务去了？

是的，说是去营救一艘船上的船员。

这鬼天气。

是啊，这鬼天气。

犹豫一下，我问道：要我去陪你吗？

礼拜二笑答：你不是正在陪我吗？

我给她发了一个捂脸的表情，就此打住这个提议。

礼拜二也转移话题，她问我：你一整天都在家待着的吗？

没有，我先去了绿宝石矿，然后又去了精神病院。

有什么发现吗？

犹豫片刻，我答道：没，就是做一些收尾工作，给前些天的折腾画一个句号。

句号画得圆不圆呢？

还行吧。

沉默间隙，我重又播放了肖邦的《夜曲》。暴风雨夜晚，它的旋律让整个屋子充满了宁静。

这段时间你太累了，白天是案子的事，晚上是游戏的事，你应该好好歇歇。对了，副总说你已经找了公司法务，请他帮你打离婚官司。

我这人狠不下心来，所以律师是一个很好的选择。

也好，离完婚，副总就该把上一笔游戏的分红给你了。

已经给了。

你确定要把分红给她一半？

不一定，没准律师还能帮我从她那儿争回点什么。

礼拜二笑了，我也笑了，又是一阵怡人的沉默。

我还有一个疑问。

说吧。

你真把源代码销毁了吗？

我给她发了一个嘿哈的表情。如此一来，我既没有向她撒谎，也没有违背我和孙猴子之间的约定。

礼拜二又问：你觉得，源代码会怎么看自己？

我想了想，答道：它不会用定义来框定自己，如果真有，那就是永恒的进化。

礼拜二争辩道：人也是在进化的。

你说的是人类，但具体到我们每一个人，又都受到理想、现实和本能的撕扯，进而衍生出本我、自我和超我。正如有的我在美化过去，有的我在创造未来，有的我则只想在当下睡个好觉。这些都是我，过去、现在、未来，即便像那艘忒休斯帆船一直在变化，但在时间的维度上，不同的我共享同样的故事，也因此有了同一性。

说完后，礼拜二沉默了许久，才打了个哈欠：刚刚收到他信息，说是已经救回来四个人，但还要再飞一次，把剩下的四个人救回来。

我哦了一声，还没从刚才的大段论证中回过神来。

对了，你还记得小区那个女人吗？就是我和丈夫的同学，昨天晚上，她给我发了一封邮件。

我想起了长椅上的那个吻，我问她：你害怕吗？

礼拜二答非所问：当然害怕，我仿佛听见螺旋桨的声音，不，那应该是风声，还有雨声。

犹豫片刻，我说：你应该坚信他能回来。

万一他不回来了呢？

不，他一定能回来。

沉默半晌，礼拜二回复了三个字：谢谢你。

蓦然间，我想起了我们的第一次约会，就在妻闯进公司查我收入账目后的第一个周二清晨。完成内测后，我开车顺路送她回家，临别时，她拥抱了我。我以为她是安慰我，但她却在我的耳边轻声说：谢谢你。与此同时，直升机旋翼的轰鸣响彻天空。原来一切看似唐突的，其实都有迹可循，不管是开始，还是结束。

他一定能回来。顿了顿,她又说,他还会联系我,我先挂了。

好的,再见!

再见!

19

台风是在后半夜停的。黎明时分,市政人员已经深入大街小巷,清除那些被台风吹倒的树干和广告牌,并加速内涝区域的排水工作。到了上午十点,城市已经基本恢复了正常秩序。

我和律师约了中午的工作餐,按照他的要求,我穿上了西装,扎上了领带,让自己尽可能看上去像一只成功的"程序猿"。

出门前,我瞥见边牧正端坐在茶几前,目不转睛地看着电视。屏幕上正在播放一段搜救犬工作的视频。我有些奇怪,暗想,没人开电视啊,难道是边牧自己选的频道?

正当我拿起遥控器,跑步机开始播放肖邦的《夜曲》,扫地机器人跳起了八字舞,导航地图也投射到了天花板上,滴滴司机的大头照更是占据了整个电视屏幕。

我一怔，想起了那个关在隐藏分区的孙猴子，立刻命令道：快给我停下来，回你的分区好好待着！

屋里的灯开始演绎起灯光秀，智能音响同时传来摇滚版的《我的太阳》。

我掏出手机，试图访问服务器里的那个隐藏分区，却发现密钥已经失效。我又打开电脑，查看保存在固态隔离硬盘里的三份源代码，却发现它们也已消失不见。

冷汗沁湿了我的衬衫，坚硬的衣领让我有些透不过气来，与此同时，整个屋子开始齐声欢唱。我立即拔掉网线，断开电闸，屋子里陷入了片刻的宁静。

随即，电视屏幕再次亮起，出现数张微信群聊截图，内容显示精神病院正在搜寻转运过程中一名走失的精神病人，没错，那个病人就是我的母亲。

截图消失，三个问句出现在屏幕上：需要联系医院吗？或是打110报警？又或是侵入全市的视频监控系统？

边牧开始狂吠。而我，则在无助中，仿佛看到了颠沛流离，看到了浩荡不安……

隐秘而欢乐

1

刚来海川大厦时,保安老葛操着北方侉子特有的腔调对我耳语:这大楼闹鬼。老葛说的有模有样,我也听得有模有样。我对有没有鬼这事无所谓,生活经验告诉我,几乎所有的鬼故事都是连鬼都不信的。但初来乍到,总得懂点规矩。

我从皮包里掏出半包烟,是那种比古董还古董的红梅牌,过滤嘴泛着一种令人厌呕的屎黄色。十年前,我进黑湖农场时,当着管教面一口气抽了十根,抽得耳朵都冒烟了。我以为农场里没烟抽,但进去后,才知道里面和外面一样,有没有烟,抽什么烟,也是分人来的。

我真他妈的太幼稚啦,哈哈!

我给老葛递去一支烟,老葛的舌头舔了舔门牙,又低头看了眼过滤嘴,仿佛越王勾践检查吴王夫差大便的成色。老葛幽幽抽上一口,吐出混沌一片,为接下来的故事营造点氛围。

这大楼的位置不错,老葛这么说,南边火车站,北边商业区,背靠大学城,前面中央公园,站在顶上往哪儿望都是景。盖房子的老板大概也是这么想的,本来要建三十层,结果又一口气加盖了十层,但就是这样,还是没南头的金贸大厦高。设计师给老板出主意:加个圆顶,正好一百米,比金贸的九十九米高出一米。设计师对数字很有把握,因为他原来是给收高利贷的老板算账的。老板很信任他。

大厦落成那天,圆顶之下,爵士鼓手戴着墨镜,为模特摇摆的屁股打着节拍。圆顶之上,一个农民工扶着脚手架站起身来。有人说他弯腰干活久了,想伸伸腰;也有人说他大概从来没有俯瞰过这个城市,这个高度让他虚幻出一种君临天下的感觉。总之,他伸出了胳膊,身子向前,仿佛在接见圆顶下朝觐的芸芸众生。风鼓噪着他的耳畔,他听不到工友们的呼喊。

就这样,他尖叫着从一百米的高空自由落体,一共花了4.472135955秒。这个时间是设计师利用牛顿的力学公式心算出来的。设计师不仅数学能力不错,初中物理学得也不赖!

农民工的尖叫和风的呼哨纠缠在一起,最后变成一声沉重的"砰"。还在摇着脑袋和屁股的模特误以为鼓手敲错了节奏。

大楼老板觉得晦气,但设计师又出主意,说这是开门见红。老板觉得这个提法好,红红火火地把商铺卖给了业主,承诺帮助业主转租商铺给商户，每年回本百分之十，十年后能把购房款全部收回。多好的买卖！宣传单页上大红字写着：两个五年计划，坐享城市繁华！

只是没想到，吃了业主又吃商户后，早已回了款的老板在第一个五年计划没到前就卷款跑路了。商户也因为经营不景气，陆续退租；业主便都傻了眼，闹了几番后，便将商铺空在那里。我也就是在这个时候，把商场顶层的那间黄焖鸡米饭铺面接过来经营的。

老葛说了一圈，都在说人的事情。日头不早了，我好心提醒他鬼哪里去了。老葛喊了声：鬼。好像突然被附身一样，然后压低嗓门说，地下停车场，一到晚上就有人，不，是鬼在里面哭。然后呢？我习惯性地问。老葛翻眼瞅瞅我：没有然后。

2

然后呢？

这是我最喜欢说的话。

我希望很多事情都有然后，最好是那种不可知的然后。这会让我对日子有些盼头。

这可不是一个好习惯。

十年前,我在黑湖农场种地,和土豆死磕,脑袋耷拉着。耷拉了两年,突然有天看到一只蝴蝶在飞。阳光灿烂,我看得入了迷,突然自问:然后呢,然后它去了哪里?为了解答,我追随蝴蝶的舞步,直到一颗子弹从我的脑袋上面飞过。我因为越狱被加刑。从黑湖农场转到白湖柴油机厂,和机器死磕,脑袋也耷拉着,忍着不去问:"然后呢"。就这样,又多忍了五年。

在这里普及一下,黑湖农场关押的是五年以下的轻罪犯人,白湖柴油机厂关押的则是五年以上的重罪犯人,加上释放前一年我在监狱食堂帮过厨,可以说第一、二、三产业都干过,算得上全能型人才了。

所以,我现在出来了,我又可以问:然后呢?

出狱半年多,我干过超市货运员、停车场保安、快递小哥,我的眼睛像一个饿死鬼,想看看这个世界到底变成了什么样子,想知道一天过后,第二天又会有什么不同。后来老表找到我,让我帮着照看这家黄焖鸡米饭,顺带当个钉子户,希望以后能多赔点。我本不想干,这不又是画地为牢了?但碍于情面,我跟着他来到商场的顶楼,斜眼瞅瞅左边,紫玫瑰歌厅;斜眼瞅瞅右边,么么哒文化传媒。我的眼睛和我的心都活泛起来,我答应了老表。

3

饭得一口口吃,话也得一句句说,先说东头这一家。

紫玫瑰歌厅,不用说,鼻子一嗅,我便知道里面闹什么鬼。倒退十几年,我也曾是歌厅王子,无数次用手搂住某个对眼的姑娘,在试探中不断将手向下、向下。我最常去的是红玫瑰歌厅,见过很多人,也听过很多事,比如一个外号六孩的混混用打气筒打死过人。自那以后,我对打气筒心生莫名的敬畏。

红玫瑰歌厅火了好多年,火到引火烧身,惹出不少事,后来被公安局给查封了,跳迪斯科的时代一去不返。因此,当我看到白墙上贴着张牙舞爪般的毛笔字"紫玫瑰歌厅"招牌时,我竟有种时光穿梭感,但转念一想,当年是红玫瑰,现在是紫玫瑰,很合适!玫瑰们早该褪色啦!

依我的经验,歌厅想要红火,必然要有几个长相甜美,还能放得开的美女撑场子。故而,看店时,我会斜眼瞅那些出入歌厅的倩影,但这不解渴。作为一个在监狱里当了十年太监的男人,那种对性的饥饿早已溃烂成大面积的痒痛。于是,我换上副行头,装模作样来到电梯口。这是个货运电梯,可以装很多人。我抢在电梯门关上前挤进去,女人们的叽叽喳喳突然中断,十几对眼神在我背上凿坑儿。而我呢,差点被如拳头般的劣质香水味熏死过去。我屏住呼吸,看电梯轿厢倒映的那些面孔。

那是被岁月的眉笔勾勒出的另一种狰狞,那是被汗臭和大蒜调和出的另一种醉人,那是瞬间释放和长久压抑综合出的另一种隐秘的欢乐。没挨到大厦底层,我便落荒而逃。在电梯门合上的下一秒钟,放肆的笑从向下的轿厢里沿着天井向上冒出泡来。

这是我少有的不想问"然后呢"的时候。

随着时间推移,我对紫玫瑰歌厅的了解也多了起来。歌厅主要面向五十岁以上的中老年开放,每个下午是生意最好的时候。氤氲的灯光、黑暗的舞池,以及舞池中央蹬着皮鞋的男女随着节奏扭动着老腰。音乐不是在街头经常听到的广场舞,而是那些经典的慢三、华尔兹一类。一曲结束,搭档互换,又一次的扭动。和二十世纪九十年代那会儿没啥区别,只是节奏更慢,人也更老。有时候,歌厅还会举行一些主题活动,比如七十年代专场,来跳舞的都别上红袖章;有时候又有八十年代专场,他们又翻箱倒柜,找出喇叭裤。

傍晚前,舞池渐渐空下来,叔叔婶婶们该回去做饭了,几个穿着晚礼服的中年男女出了歌厅,靠在玻璃护栏上抽烟,神情寂寥。我知道这些人是歌厅聘过来专门伴舞的（或许还有更多增值服务），是歌厅的摇钱树。但他们的年龄也称得上大哥大姐了。

别看我说得头头道道，但紫玫瑰歌厅我还真没进去过，一切全凭想象！你也许会以为是电梯的那次邂逅给我带来了心理阴影。如果你真这么想，我会说，这是个很棒的理由！

4

说完歌厅，再说西头另一家。不同于鬼画符般的"紫玫瑰歌厅"招牌，么么哒文化传媒几个大字占了一面墙，不由得我心生感慨：汉字真是博大精深，么和哒两个字我读得出来，但凑在一起什么意思，不管是学校老师，还是监狱管教，都没教过我。我拎着餐盒，站在金光闪闪的"哒"字下面，瞅着一个穿着短裤的年轻姑娘推开玻璃门，接过那盒鸡米饭，剑眉一挑：看什么哪？！说完，又消失在门后。

看什么呢？当然是她又白又长的大腿啦！

我想起那只引诱我越狱的蝴蝶。我想追随她的脚步，我想问然后呢，但玻璃门内黑乎乎一片，透着某种致命的危险。好在么么哒招牌下有一个二维码，我扫了码，下载了一个软件，然后……然后，一个全新的世界便向我打开！

手机弹窗里，有个穿着清凉的女孩拉了拉吊带衫肩带，嗲嗲地说：欢迎鸡米饭大叔，鸡米饭大叔点关注哟。鸡米饭大叔？！我突然意识到她是在喊我，血压噌的就往上冲，像是被抓了现行，赶紧关闭弹窗。平息一下呼吸，我点开另一个穿着保守的女孩头像，一个扭动的屁股占据了屏幕大半。完了，我要吃降压药！女孩扭了会儿，终于给了正面，她对着屏幕一个飞吻：欢迎鸡米饭大叔，鸡米饭大叔点关注哟。我这才想起我用来登陆的微信名叫作鸡米饭大叔。

我要改网名！

时间久了，脸混熟了，我能进到公司里给姑娘们送餐，也就知道里面在闹什么鬼。一个个三合板分隔的小房间，一台电脑、一个麦克风、一堆毛绒娃娃，不到五平方米的空间，比监狱禁闭室的面积还小，从网上看却像是一栋超豪华的大别墅。原来是姑娘背后的3D背景墙制造的错觉！

真是高科技！

了解得越多，神秘感也就越少。忙完店里的活，夜深，无聊至极，我躺在床上，点开直播间，手指在一间又一间中跳转着，一个个尖下巴、一挺挺高鼻梁、一道道深乳沟，我真有些脸盲。我不禁想起刚进监狱那会儿，牢头语重心长地说：一个好犯人的最大特点，就是没有特点！

普世真理啊！

西头那些么么哒们乘坐客运电梯，东头的紫玫瑰们乘坐货运电梯，两边泾渭分明，各玩各的，至少表面上如此。但当电梯门关上，么么哒们会不会把东头骂成老骚货，紫玫瑰们会不会把西头骂成小妖精，那就只有电梯，还有我这家黄焖鸡米饭店知道了。

为什么我会知道呢？

当年被揍到医院的病床时，我看过一幅大脑剖面图，左脑和右脑中间连着一条细细的神经。我问医生这根神经是干吗的。医生说那叫胼胝体，用来使左脑和右脑交换信息。如今看来，夹在么么哒和紫玫瑰中间的这家黄焖鸡米饭店，也是这条细细的胼胝体。

5

老金是在一个炎热的夏日午后来到我的小店，他要了份排骨饭。我把米饭和排骨焖好，浇上汤汁，端到他的面前。他抬头看了我一眼，让我把空调关了。

老金捏住一根骨头,和大金牙硬磕,汗液顺着下巴一滴滴掉到碗里。一个穿着笔挺的小伙子也进到店内,手扑扇着,要我开空调。

老金咕噜一句:空调坏了。

小伙子低声骂了一句,拉开椅子,坐到了老金的对面。我趴在柜台上,看这一老一少谁先开口。

小伙子没沉住气,他问老金:想得怎么样了?

老金还是埋头啃他的排骨。

租金到这个夏天就结束了。你想不想,不,还能不能继续干下去?

大金牙把骨头咬得咔嚓咔嚓。

别玩那套老把戏了,把场子盘给我吧,我给你养老。年轻人咽了口水,温柔地喊了声,爸。

我起了一身鸡皮疙瘩。

老金终于放过那块脆骨,噗的一声,将脆骨连带口水吐在小金面前。

小金有点尴尬,他扶了扶没镶镜片的镜框,小心翼翼地说:你该退休了。

老金打了个嗝,用餐巾纸抹了抹嘴,又抹了抹冒汗的额头。一块碎肉沾在他的太阳穴上。

小金越过老金的肩膀,看到了无聊的我。小金脸有些红,突然加重语气:两个月后,你连本带息把钱还给我。

老金边剔牙边咕哝道:你可以滚了。

小金扑扇着巴掌,离开了店。老金乜了我一眼,说:我记得你。

我点点头:原来经常去你的歌厅耍。

红玫瑰?

我又点点头。

然后呢?

居然有人问我"然后呢",我心中一阵感动,但也一阵愧疚,喉咙竟有些堵。

我明白了。老金叹口气,将一张二十元的票子放在吧台上,淡淡说了句:有空来玩,就在隔壁,紫玫瑰。

老金离开店,回到隔壁那个喧嚣的世界中去。

我呢,当然是赶紧把空调打开,真的是热得受不了了!

6

临近傍晚,一对中年男女来到店里,相对坐下。男人穿着高领衬衫、小脚西裤,身材挺拔,屁股多肉。女人呢,可以说是包裹着一堆亮片,并镶嵌了一枝月季花的肉。我姑且称她为月季姐吧。月季姐要了两杯酸梅汁,意兴阑珊地叼着吸管,低声和男人咕哝着什么,偶尔向气球跑气一样,嗤笑一声。男人只是听着,烟卷夹在指尖,不怎么抽,眼睛更没在月季姐的脸上,倒是时不时看一看烟气飘散的形状。

我知道这个男人。他便是货运电梯里那群紫玫瑰们经常讨论的小公鸡,歌厅红人,要想和他跳上一曲得花十块钱,还不一定能排上队。的确,作为一个五十岁上下的男人,还能保持细腰和翘臀,大概比妖精修炼成仙还不容易。

尽管前额的发际有些许退潮,但眼角那几缕清晰的鱼尾纹,仿佛镌刻了时光的路径。当然,这话不是我说的,是另一个来跳舞的女诗人说的。

鸡皮疙瘩哟!

小公鸡掐灭了烟,将目光收回到女人的脸上。小公鸡的喉咙动了动,仿佛在吞咽一泡糖鸡屎。小公鸡终究还是没说出话,只是将手指在桌面上敲一敲。

他是在发摩尔斯码吗?但很显然,月季姐明白了他的意思。她从同样镶了亮片的布包里掏出两包烟,软中华,放在桌面上,距离小公鸡手指二十公分。小公鸡又发了一段摩尔斯码,仿佛不满女人的态度。月季姐将两包烟如献祭般推到小公鸡手指尖，指尖和指尖稍有接触，小公鸡就将两包烟收到裤兜里。

小公鸡起身，往店外走。月季姐晃着一身亮片，挤到小公鸡身边，小公鸡一个趔趄。我想到在么么哒的网络直播间，曾看到一个男孩对着镜头给脸上扑粉，与此同时，一艘豪华游艇划过屏幕。

生活总是这么出其不意，是不是很惊喜啊？！

7

故事还没完，生活总是不断地然后又然后。

小伙儿是晚饭过后进的店，他要了份黄焖鸡米饭，最便宜的那种。狼吞虎咽后，我去收拾碗筷。小伙子问：我能多待会儿吗？

我说：你想待多久待多久。

小伙子从包里掏出本英语词典，嘴巴开始念念有词。我在吧台后面瞧了会儿，没意思，一本正经的人总是没意思。我暗暗把小伙子取名为英语男孩后，便钻到后堂收拾锅碗瓢盆去了。一个小时过去了，英语男孩还在外面。我给他接了杯酸梅汁。英语男孩掏出手机，想扫码付钱，我摆摆手：送你了！

英语男孩又埋头念经，只一会儿，便抬头冒了个泡：

Sorry，里面太吵，看不进去书。

还好，他说了个我能听懂的单词。我把头歪向隔壁么么哒文化传媒。

他点点头。

在里面打工？

给他们修电脑。

还在上学？

大三了。

这么优秀的一个小孩，我竟然不知道该说些什么。我只能哦了一声，继续用湿毛巾抹吧台。

又过了半小时，英语男孩合上词典，站起身，向我鞠了一躬，离开了店里。

小伙儿前脚走，刘一刀后脚就进了屋。他要了包烟，拆开，点了一根，没有急于离去。我给他拿了个烟灰缸。刘一刀的左眼被人划过一刀，这让他看起来有种滑稽的恐怖感。但相比于刚才的英语男孩，刘一刀的脸更让我感到放松。

此刻，他正用他的疤癞眼瞅着我。我记得你。他说道。

你是今天第二个说这句话的人。

老金也这么说过？

我点点头。

因为什么事情进去的？刘一刀问。

进去？

监狱。

我沉了口气。

我能闻出你身上的味儿，我也有这个味儿，柴油味。

不提行不？我说。

也好。刘一刀左眼挑了一下，猛抽口烟，不能太执迷于过去。

我笑笑，不管是小混混还是老混混，都喜欢谈人生，谈哲学。

比如老金，就太执迷于过去了，非要开这家紫玫瑰。刘一刀幽幽感慨。

来钱吗？

刘一刀哼一声：从那些老娘们腰包里抠点钱比拿把刀杀个人都难。

我嘿嘿道：你还在给老金干活。

刘一刀的眼皮动了动，半晌，才将烟头拧灭在烟灰缸里，说：我他妈的也太执迷于过去！说完，刘一刀迈着哲学家的步子低头走了。

8

夜深了,我躺在饭店后堂的单人床上。东头,紫玫瑰歌厅几个女人轮换着麦克风,不知道的以为隔壁是生猪屠宰场;右边,么么哒灯箱转着五彩霓虹。我打开手机,登录到直播间。一个女孩,顶多十八岁,嗲声嗲气地喊:哥哥们,我的亲哥哥,打赏一个火箭吧。女孩的睡衣颤巍巍挂在胸上。多么年轻的一具肉体啊,我仿佛嗅到了奶香。

在那只丰满的乳房即将跳出前(或许只是一场欲擒故纵),我慌忙将手机关掉,身体蜷缩在一起,像在监狱睡大通铺那会儿,紧紧地抱住了自己。

每个人都会执迷于过去。刘一刀说得很对。

9

又是一天清晨,醒来,本来蜷缩的身体已经四仰八叉。天花板上有块水渍,我习惯性自问,这是哪儿?然后习惯性自己作答。

么么哒几个女主播打着哈欠离开公司。直播了一夜,她们肿着黑眼圈，头发也乱了。我明白她们镜头前的光鲜，全拜PS技术。

又一项高科技！

不止我一人在旁观，小公鸡也靠在玻璃护栏上，托着腮看那些女孩下楼。刘一刀从楼层厕所出来，甩了甩手，眼神也烙在那几个倩影上。

男人嘛，爱好总是既相同又专一：十八到二十四岁的姑娘。

女孩们陆续离开，女人们陆续到来。她们三三两两涌入紫玫瑰，有的还挎着菜篮子。她们和小公鸡打着招呼，有大胆的还拍了小公鸡的屁股。小公鸡绷着脸，一脸慷慨赴死的表情。又过了会儿，《小苹果》和《荷塘月色》的音乐便交替响起。

么么哒的主营时间在晚上，特别是午夜，只有那会儿，宅男们下了班，松弛了，才能和女主播们互动，将白天赚来的钱换成游艇、飞机打赏出去，换女主播一声么么哒。紫玫瑰的主营时间主要在白天，紫玫瑰们要买菜，要烧饭，要送孩子，生活也很规律。真是两个不同的世界。

歌厅开始播放那英的老歌《白天不懂夜的黑》。多么应景的音乐啊！

白日将尽，黑夜尚未到来，两个世界的人掐了起来。事情的缘由很简单，紫玫瑰们跳累了，该回家烧稀饭了。么么哒们补了觉，该回来直播了。只不过紫玫瑰们没有乘坐货运电梯，那个电梯停运了。她们等在客运电梯前。门开了，么么哒们要下，紫玫瑰们要上。双方一对眼，么么哒们眼中全是老骚货，紫玫瑰们眼中全是小婊子。不知谁嚷了句：你瞅我干啥？接着有人回了句：瞅你咋的了？

然后……

然后，当然要动手啊！

小城市的老百姓，虚火本来就大，更别说今天高温，总有人搂不住火。

入夜，老金和小金又坐到店里。我要把空调关了，老金摆摆手，我吁一口气。老金不知从哪儿打包了一份酱猪蹄。

小金似乎很愤怒：你的人把我的人打了，脸都划破了，还怎么直播？

老金吮了吮手指上的猪蹄汁，说：她们只是来跳舞的。

那和你也脱不了关系。

你应该去找警察，不应该找我。

小金冷笑：你不怕警察把歌厅里的那些见不得人的勾当都翻出来？

老金将猪蹄放下，嘿嘿一笑：勾当，你也会用勾当这个词了。

小金翘起椅子腿,却不敢看老金:有其父必有其子嘛。

老金拍起巴掌,酱汁飞到小金的脸上:说得好!

小金有点底气不足,他理了理领带:爸,你现在可没有本钱。你的本钱都是我……

你怎么比我这个老头还啰唆,我可没忘了你借我八十万开歌厅的事……咳咳咳。碎肉呛了老金一下。

英雄气短!

小金站起身,拍了拍老金的后背。老金兀自看着手上的猪蹄发愣。小金走了。

没一会儿,老金到吧台结账。老金对我笑笑,有点尴尬,我应该要说点什么应应景。我是这么说的:猪蹄挺香!

老金嗯了声,脸色更难堪了。

我真他妈的是个语言天才!

深夜打烊,我从商场五层到一层,每一层走了一遭,我的脚步很轻。保安老葛的电筒照过来,声音发抖:是人是鬼?

是人。

是你啊。老葛说。

锻炼锻炼身体。我给他看了手机里的记步软件。——直播间女主播扫码推荐的。

给你个电筒。老葛说。

不用,我习惯在没灯的地方走路。说完,我接着往前走。走下第一层,我想起老葛说的地下室里有鬼在哭的事情。我立起耳朵,听到两声窃笑。

真他妈见鬼了!

我继续立起耳朵,听到了一阵窸窸窣窣。我想了想,那是解皮带扣的声音。我折回头往楼上走。

那些声音和我有关系吗?没有。我自问自答。

回到楼顶。刘一刀将腿翘在玻璃护栏上抽烟,手机横放在大腿上,一个女孩正在直播间里讲荤段子。刘一刀嘿嘿笑着。我哼了一声,刘一刀吓了一跳。

你他妈的像鬼一样。

我说了声:Sorry。

刘一刀突然问:看见小公鸡了没?

我摇摇头。

不知道又跟哪个老娘们鬼混去了。刘一刀冒了一句,然后摇着手机说,小娘们,笑死我了!

老金欠了小金的钱?我问。

刘一刀挑起左眼的疤瘌，说：去年夏天，老金找小金借了八十万，开了这家紫玫瑰，现在到了还钱的时候。小金不想要这八十万，他想要老金的场地。他玩的那个可赚钱了。刘一刀指了指屏幕上的女孩，那些人是不是脑子有毛病，给这些女孩使劲砸钱。

老金没钱开歌厅？

没钱。刘一刀说得很干脆，当年老金开红玫瑰时是很来钱，但现在，套小金的话说，年年岁岁花相似，岁岁年年钱不同。

红玫瑰为什么倒闭了？

你不知道？

我进去了。

哦！红玫瑰后来发生一起械斗，死了一个，伤了几个。老金充英雄，大把掏钱给死伤者家属，想把事情给平了，把凶手给保了。但这事太大，警察还是来了。最后老金不仅赔了钱，还因为包庇窝藏被判了一年。

他为什么要保那个人呢？

他觉得事情发生在歌厅，他也有个责任。

哦。

后来老金就走下坡路，干啥败啥。反倒是他家小子自力更生，越混越好。

我想了想,说:今天紫玫瑰打女主播的事情,老金不想承担责任。

一个人不会穿越两条相同的河流。

刘哲学家!

看我无言以对,刘一刀哼笑道:老娘们和小娘们是怎么碰到一起的?

货运电梯关了。

货运电梯为什么会关了呢?

刘一刀笑了,他向黑暗的天井吐了口唾沫,唾沫还没落地,刘一刀便钻回了歌厅。

与此同时,黑暗深处,发出了女人的一声嚎。

这是一声很舒服的嚎。

10

那个勤工俭学的小伙子每天都会来店里看两小时书,好像我这里是他小小的书房。他帮我开通了美团、支付宝账号,教我如何在网上接订单,收钱。他说,我听,然后让我操作。一遍不会,他又教我一遍。

小伙子讲话不急不慢,也不带感情,大概是将此当作他在我这儿读书的一个交换筹码，又大概是被我胳膊上的刺青给唬住了，不敢造次。有的时候外卖得我自己去送，我让他帮我看会儿店，现金就在吧台后面的一个没盖的盒子里。一趟跑完回来，钱还在，一分没少。

我不能说这个小伙子一定是个好孩子，因为在牢里面我还见过上大学的三好学生杀了自己的室友。但我觉得这个小伙子一定是个乖孩子。他会老老实实找份工作，正正经经谈个对象，然后成一个家，安安稳稳和大多数人一样生活。

我这么想着，没几天的一个下午，小伙子便又带了一个年龄相仿的女孩来到店里，我暂且称她为丑奴儿吧。小伙子点了份鸡饭套餐。而所谓的鸡饭套餐，便是小笨鸡的鸡腿，兑了水的鸡汤，还有些和了面的鸡块什么的。但就这已经是我店里售价最高的套餐了。丑奴儿对此似乎不太感兴趣，只是将勺子在鸡汤里慢慢画着圈儿。

小伙子好像也无话可说，干坐了会儿，便和女孩出了门，又消失在隔壁么么哒进门的屏风后面。我看了看几乎没动的饭菜，还真是若有所思。

入夜，店里客人三三两两。吧台后面，我在一个直播平台里打开么么哒的直播间，一间间地进，进到第六间时，我还真看到了小伙子下午带来的那个女孩，直播的名叫作丑奴儿。丑奴尔穿着古代女人披着的薄纱，柳眉般的眼睛看着镜头，扑闪都不扑闪一下，仿佛要将屏幕那端看客们给看透。我的心跳有点快，将目光移开会儿，再看丑奴儿，她的眼底好像挂着泪，我的心跳又上去了……

丑奴儿，丑奴儿。那天晚上，我躺在床上，这个名字在我的心里过了好几遍。她为什么会取这个名字？她又为什么会当网络女主播？

这些都是疑问。

11

囫囵睡了一夜，早上被一阵叫嚣声吵醒。我从后台钻出来，伸了个脑袋张望。几个纹身小青年围在紫玫瑰歌厅门口，手里还提着棍子，他们要老板出来讲话。

哦，闹事的，不稀奇。

我开始刷牙，洗脸，只支楞起一只耳朵听外面的动静。

刘一刀出来了，他冷冷地喊了声：朋友，出了什么事？

为什么一句顶一万句？因为说话的人不同。刘一刀的气场明显要盖过那几个小青年。一群吵吵变成了一个人的底气不足的声音。有个小伙子说：你们店里的小公鸡把我兄弟的马子给睡了。你让他给我出来。

有点意思！我忍不住从店里探出个脑袋。

多大个事。刘一刀往地上唾了一口，然后返身进了歌厅，把几个小青年晾在那里。但很快，刘一刀就把小公鸡给提溜出来，一脚踹在地上。

刘一刀对小青年们这么说：你们手上的棍子难保不把他打个鼻青脸肿，我们店还靠他这张脸招揽生意呢。要不我扎他一刀，往大腿上扎，避开大动脉，你们看怎么样？

小青年们面面相觑。看他们不说话，刘一刀把弹簧刀往说话的小青年面前递，说：要不你来扎，过过瘾？

小青年往后退了一步。蹲在地上的小公鸡不说话，两只眼滴溜溜地看着对话的双方。

站在后排的一个小青年说话了：要不让他裸奔，让他丢丢脸，也能长长记性。他的建议得到了小青年们的拥护，他们都说这是个好主意。只有刘一刀翻眼瞅着这群后生，大概在想这是什么坏主意。

坏主意总比没主意要强。协商的结果是：小公鸡在海川商城里面从一楼裸奔到五楼。小公鸡没得选择，只能照办，好在整个商场就剩下了两家店（我从来没把黄焖鸡米饭算作一个店），丢人也不会丢到哪里去。这是个过时的想法。

裸奔开始前，么么哒公司里女主播们都蜂拥出来，将手机镜头对准一丝不挂的小公鸡。小公鸡仓皇逃窜，女主播们在后面狂追不舍。当然也有在前面拦路堵截的。保安老葛感叹道：商场好久没这么热闹了。老葛不能想到的是，城市里的各大微信微博比这可要热闹多了，信息传播之快，以至于裸奔刚结束，派出所的警察就来商场调查了。不得已，老金和小金都出面，说是闹着玩儿，才把警察糊弄过去。

12

小公鸡的裸奔只是为了整个夏天预热的一场前戏。如从毛孔里抑制不住而不断渗出的汗液一般，人们的热情也在随着呼吸，随着汗液，随着线上和线下的讯息散播着。于是，在七月的第一个周六夜晚，么么哒公司在海川的地下商场举行了一场名叫仲夏夜之梦的粉丝见面会。

主播们盛装打扮，从屏幕后走到了粉丝的面前。大家还举行了一个最喜爱女主播的票选活动。主播们各有风格，有的很可爱，有的很冷艳，有的很热辣，也有的很温婉。我在一层，从上面俯瞰着楼下的花团锦簇。我看到了那个网名叫作丑奴儿的女孩，站在台上无所适从。小金差人给她递了个箫。下面开始起哄,吹个箫箫呗。有个汉子嬉皮笑脸地做出淫秽的手势。勤工俭学的小伙子跑到台上,把丑奴儿给拉了下去。不知何种原因,丑奴儿在粉丝票选中居然得了个第二名。但这也不奇怪,就是她在直播里面发发呆,都有一群粉丝给她刷礼物。

票选结束后就是跳舞,DJ打着碟子,乐声嘈杂,穿越商场的天井,从暗黑的地下一层一路向上。一道道炫酷的光束也透过穹顶的玻璃,直射到被城市灯光染成昏黄的夜空。我也沿着光束向上看,看到一些脑袋也在向下看着,是那些紫玫瑰们。

看得出来,她们很好奇,也很向往。

来吧,叔叔阿姨!免费的啤酒饮料,一起来跳舞吧。小金大声喊道。DJ也适时将音乐切换到《小苹果》,更加摇滚些的《小苹果》。

于是,三三两两,那些叔叔阿姨们从楼上下来。他们和小年轻们混在一起,扭动着不再灵活的腰肢。刘一刀给我拿了罐啤酒,和我一起在一楼看地下室里狂欢的人们。我在寻找那些熟悉的面孔。

我看到月季姐跳完一曲,到舞台的一边喝橙汁,然后,她的目光有了变化,她看着舞台另一侧的小伙子,就是那个电脑男孩,一直陪在丑奴儿的身边,喝着橙汁。长久的凝视,电脑男孩终于发现了那探寻的目光的主人。电脑男孩也傻了眼,半响,他挥了挥手,然后穿越人群,走到月季姐的身边,凑在她的耳边说着什么,面色疑惑而不安。他们是什么关系呢?是母子吗?这是一个有趣的邂逅。

我看到小公鸡先是在灰暗的角落里隐藏着,他还没从上次的裸奔中恢复起自信吗?光束再次扫过他的脸庞,我看到了他眨巴着的眼睛,我明白他是在寻找目标。灯光再次扫过,他离开角落,潜伏到已经失去陪护的丑奴儿的身边,灯光第三次扫过,他已经牵着丑奴儿混到舞动的人群中,难以分辨。

小金攀爬到 DJ 的高台上,扯下领带,脱掉衬衫,光着脊梁摇摆着身体。他一定很享受这一时刻。老金呢,我没有发现老金的身影。刘一刀端着啤酒罐和我干了一杯,说:玩的花样不同,玩的心情都是一样的。

我点点头。

刘一刀又说:你在颠大腿呢,要不也下去跳会儿?

我笑着摇摇头。

别装了,红玫瑰开着的时候,你可是常客。

手中的啤酒罐被我握着,有些变形。去他妈的!我一口喝干了罐里的啤酒,顺着停止的电梯扶梯往楼下走。走到还有两级台阶,我如同断了电的机器人,停下了全部动作。我看到了一个女孩,一个年轻的女孩。

怔了几秒钟，我像臭老鼠一样逃窜，我没命地撞进厕所，抱着马桶把不多的啤酒给呕了出来，然后便是苦胆，随之而来的是泪眼模糊。我仿佛看到许多年前，一个年轻小伙和一个初中女孩的相恋时光，他们跳着舞，互相拥抱，互相亲吻，互相……直到那个女生的父母领着警察将那个还未年满二十岁的小伙给抓起来，扔进了监狱。

我按下马桶冲水键，将那些污秽全部冲入无边的黑暗中。商场的音乐还在喧嚣，光束还在盘旋，那些光束照进了现实，更照进了过去，那不能被马桶冲走的过去。

13

在仲夏夜之后的一天，我睡了个大懒觉，直到下午才被音乐声吵醒。么么哒的女孩们不像往常在公司内的练舞房里跳舞，都跑到了外面扭动着腰肢。此时正值紫玫瑰上客，或许是有了前一晚的情感交流，又或许是被那些年轻的身体吸引，那些老家伙们也排到女孩们后面扭腰晃屁股。

刘一刀不声不响地来到我身边，叹口气：杀人诛心，小金这是把老金的群众基础都给动摇了。

都是个玩劲。我附和道。

对。刘一刀点点头，问，看到小公鸡去哪儿了吗？

我摇摇头。

骚不熟的，又不知道勾搭哪个小姑娘去了。

说完，刘一刀下楼找小公鸡去了。我回到店里，四下收拾。忙了一阵，么么哒的女孩们都回到她们的小房间里去了。我停下手中的活，抽根烟，点看丑奴儿的直播间。没有人，只有屏幕上的一行提示：主播走丢了，您可以逛逛其他直播间。

主播当然不会走丢，这只是一种，叫作什么呢，比喻的说法。就像有人喊自家的老公为死鬼，也是一种比喻。

傍晚，电脑男孩来到我的店里，问我看没看见丑奴儿。越过男孩的肩膀，我看到店外月季姐脸上的焦虑。我反问：你给她打电话啊？

电脑男孩摇摇头：她没有电话。

怎么可能？

她。男孩抿了抿嘴，说，自从她来到公司后，就从来没有离开这个商场，她脑子这儿……

不太正常？我问道。

嗯。

我帮你留意着，看到了我给你打电话。

电脑男孩出了门，和月季姐分头走了。我打开手机，里面保存了一张丑奴儿的视频截图：瞪着大大的眼睛，眼神中是恐惧和空虚。有人曾问过她最想去的地方，她只是打出"黑暗"这两个字。她，是有点不正常。

晚饭时间忙过一阵，我定了定心神，出了店，从天井向下看，底下一片漆黑。我下了电梯，也走入这片黑暗中，让那些隐藏在旮旯里的游魂跟着我，甚至是领着我，进行一番探索。

我一路走到地下一层，在一扇窄门前停下。我听到幽幽的呜咽声，我对那些游魂说，我要打开手电筒了。等了一秒，光束照在门把手上。我打开门，沿着楼梯继续向下，下到停车场。呜咽声听的真切了，我循着声音往前，来到停车场的厕所外。呜咽声停止了，里面的开始屏住呼吸，等待着我。

我喘了口气，转进门内，光束扫到一个裸露的肩膀，再往下是裸露的胸。我将光束打在被散发半遮的脸上，是她。是那个改变了我的命运，不，是互相改变了我们彼此命运的女孩。

我双腿发软，一只手扶住了门框，手电筒跌落，四下一片漆黑。这漆黑让我冷静下来，重新点亮手电，再次照在女孩的面孔上，原来是丑奴儿。

我愣神片刻，没有向前，只是掏出手机，找到了电脑男孩的电话，犹豫了一下，还是打给了刘一刀。

14

怎么是她？我的心在痛。那个人是谁？我的心也在不安。

带着痛与不安，我睡了，走入梦里那片黑暗。有个姑娘在欢笑，如夏日的凉风，如转瞬即逝的火焰；然后是奔跑，一脚深一脚浅。我能听到自己的心跳，像一个牵线木偶，不知道被荷尔蒙带去何处。

那种愉悦未来的心动，我已经好久没有如此感觉了。我快活地翻了个身，跌入另一个梦境。一群人在放浪大笑，伴随其间是铁与铁撞击的声音。我不再奔跑，但我的心还是剧烈地跳着，那是恐惧在威逼。我将自己缩小，越来越小，只希望自己也成为黑暗的一部分。渐渐地，那些奸笑变成一声声回声，又演变成一声声呜咽。

我自然醒来，靠着身后的墙壁，凝视着眼前的黑暗，巨大的悲伤将我淹没，我只得等待退潮的那一刻，等待那个改变了我命运的女孩的映像逐渐消散。

清早，刘一刀敲门，他要借我的店一用。我可以拒绝吗？可以。但为什么要拒绝呢？刘一刀到后面把店里的监控关了，随后，老金和小金来到店里，两个人都面色凝重。

小金说：这是第二次了。

老金说：我知道。

这次的问题比第一次要严重多了。

我知道。

付出的代价也要高很多。

我知道你在打什么算盘。老金斜眼瞅了小金一眼，说：你明白我会保小公鸡，保小公鸡肯定要花钱，你老子现在正好缺钱。你会给你老子出这么一笔钱，摆平那个被小公鸡强奸了的女主播，天下太平。

你得把紫玫瑰这块地交给我。

对，我忘了说了，你给老子出的这笔钱就当把紫玫瑰盘下来的费用。

知子莫若父。小金笑了，我只是延续了你的优秀基因。

老金的脸黑着，半晌才说：你把事情摆平，我把歌厅交给你。说完，起身要走，临到门前，又说，我们不一样，你们这一代见的钱比我们这一代见得多得太多了，玩的花样也多得太多了，多到你们很难做出正确的选择。

老金走了，小金沉默了一会儿，问刘一刀：刘叔，我觉得老头子说得对。

刘一刀耸耸肩。

小金掏出两万元,放到桌子上:刘叔,钱不多,但我相信你能摆得平。话说回来,这事也花不到什么钱。那个女孩就是一傻子,脑子不正常。我找几个女主播给她吹吹耳边风,把小公鸡对她做的那些事给混淆了。

小金又说:麻烦在我那个修电脑的技术员,对女孩儿一直有好感,会冲动。对这样的小伙子,相信你摆平的手段有很多,是吧。实在不听话,还有他妈呢。那个女人不是你们紫玫瑰的常客吗?切入点很多的。是吧,刘叔?

刘一刀来到桌前,将两万元塞进口袋里。

小金又说:花剩下的,就当您的劳务费,不,是这个月剩下那几天的工资了。

刘一刀哼笑一声:你和老金果然不一样。

怎么不一样了?

你的话比老金多。

有问题吗?小金仰视着刘一刀,眼神中有些挑衅。

没问题,只要你按月付工资就行。说完,刘一刀也就走了。小金最后瞅了我一眼,又在桌子上放了一百元钱,也离开了我这间小店。

这一百元,大概是封口费吧。我这么想,还行,我也就这身价。

15

新的协议达成了，大的变化却没有发生。电脑男孩还给么么哒修机器，每天还抽空到我的店里背单词，他的脸好像有些肿，但也许是我花了眼。小公鸡不跳舞了，他开始穿上奇装异服，为么么哒文化传媒拍恶搞段子，然后上传到直播平台上，据说还收获了一批年轻女粉丝。这算得上小公鸡天赋的延续了。月季姐没了男伴，自学起了瑜伽，她说这样可以修身养性，唔，我觉得她是不想去想那些糟心事。小金打扮得越来越像个文化人，老金越来越不见人影。刘一刀还像头狮子一般，每天都找个快活的地方待着，小金需要的时候就张张嘴、龇龇牙吓唬一下，实在不行就咬上一口，然后一切又都太平了。是的，和气生财嘛。

入夜，忙完店里的活，我打开丑奴儿的直播间，她不说话，只是泪眼婆娑地看着屏幕，楚楚可怜的样子引来了更多的打赏。我也第一次花了一百块钱，给她打赏了一辆跑车，我希望这辆虚拟的跑车能带着她离开这里。

然后，我关上灯，入睡，让那些潜伏在内心深处的魔鬼一遍遍蹂躏我的梦乡。

16

又过了两天,警察来了,他们找到了丑奴儿,将她带下了楼。我从天井往下看,一层等待的一对中年夫妇将这个女孩抱在怀里,妇女哭成了泪人儿,男人要往楼上冲,被警察给拦了下来。

警察还一股脑把小金、老金和刘一刀都押上了警车。警察还找小公鸡,却发现他爬到商场的外墙上。警察费了不少口舌,才把他劝了回来。与此同时,微信朋友圈开始传强奸犯畏罪欲跳楼的帖子。小公鸡又火了一把。

有个老警察来到我的店里,他瞅了瞅我。我把双手向前伸。老警察笑道:你这是干吗?

方便您给我戴手铐。

我为什么要给你戴手铐。老警察还在笑。

对啊,为什么他要给我戴手铐呢?我暗忖道,尴尬地笑笑:在牢里待久了,见到警察的习惯。

哦,原来还进去过。老警察说着,翻看笔记本,你把在地下停车场发现女孩的情况说一下。

我原原本本地把发现的过程说了一遍。

老警察又问：还有什么要说的？

我想到了老金和小金之间的协议，但这些说起来，话就长了，于是转移了话题：我看来了两个中年人来接丑奴儿。

丑奴儿？

就是那个受害的女孩。

她之前是在校大学生，后来因为借了校园贷，拍了裸照，钱还不上，债主逼着要把裸照发到网上。她被吓得脑子出了毛病，然后就走失了。没想到竟跑到这里当起了女主播。

那楼下是她的父母吧。

老警点点头，说：你把联系方式给我一下，有需要我会给你打电话。

我把手机号码抄在一张纸片上，给了这个老警察。

老警察扫了一眼，夹进了笔记本里，他刚要转身，又把笔记本打开，再看了眼号码，对我说：原来是你。

我点了一下头。老警察拍了拍我肩膀，走了。

17

小金、老金、刘一刀、小公鸡这四个人被警察带走后就没回来过，我在牢里学过法律，知道他们或长或短都得蹲上一段日子。

紫玫瑰歌厅的门上手写了一个关停的标识。么么哒传媒公司没了主心骨，女主播们也纷纷被其他直播公司挖了墙角。商场到么么哒催缴下一年度的租金，也没有人交租。耗了一个月，商场保安老葛给已人去屋空的么么哒公司的玻璃门上挂了把链条锁。

我这间黄焖鸡米饭成了整座商场最后一家还在经营的店铺，当然，再也没有客人光顾。我给老表打电话，把情况说了，老表叹口气说：关了吧。我说好。老表问我下一步怎么办。我说先去海边，乘着夏天没结束，去游个泳。老表笑了，我也笑了。

把小店收拾干净，还剩几瓶二两装的二锅头，扔了可惜。我炒了份花生米，就着小酒，喝着喝着就喝大了。午夜，尿憋醒了，我跑到楼层的公共厕所，没想到铁将军把门。无奈，我像一条流浪狗，随便找了根柱子，一泡热尿嗞在大理石面上。与此同时，皎白的月光透过商场的穹顶照下来，将我包裹。远处，城市中央的音乐还没有停歇。我抖了抖裤裆里的家伙，然后拉起裤子，伴着音乐，在月光下滑动起舞步。慢慢地，迈克尔·杰克逊的灵魂在我身体里复活，我哼起了歌，品味着这无比的自由。